L'AMANTE

Né en 1949, d'origine bretonne, Yann Queffélec s'initie à l'écriture en lisant en secret les manuscrits de son père, le romancier Henry Queffélec. En 1978, il décide de devenir écrivain après sa rencontre avec l'éditrice Françoise Verny. *Les Noces barbares* est couronné du prix Goncourt en 1985. Queffélec a publié depuis plusieurs autres romans.

Paru dans Le Livre de Poche :

LES AFFAMÉS

LA DÉGUSTATION

HAPPY BIRTHDAY SARA

MA PREMIÈRE FEMME

MOI ET TOI

YANN QUEFFÉLEC

L'Amante

ROMAN

FAYARD

ISBN : 978-2-253-12026-1 – 1re publication LGF

L'Amante *ne constitue pas la suite de* Ma première femme, *mais on y retrouve les personnages de ce roman dont un résumé figure en postface, à l'attention de ceux qui ne l'auraient pas lu ou, mystérieusement, oublié.*

A Samie.

A Jean-Luc Petitrenaud.

Et, quand le soir tomba sur la nef qui bondissait plus rapide vers la terre du roi Marc, liés à jamais, ils s'abandonnèrent à l'amour.

Tristan et Iseut.

1.

Je suis arrivé tout à l'heure par le bateau, le seul en cette saison. La nuit tombait, il faisait doux. On parle ici d'éternel printemps et d'une euphorie que l'Ouest armoricain réserve à cet îlot, son péché mignon. Pas un arbre, mais des fleurs partout, des magies venues par le couchant, tapies dans les hauteurs du ciel ou dans l'œil étonné des salamandres lovées sur les murs blancs, la nuit. Autrefois, ma mère écoutait chanter les grillons par-dessus les pulsations du flot. Elle quittait son lit pour descendre à la plage épier l'horizon. Une voix qu'elle seule entendait...

L'été 1969, il faisait si chaud qu'elle me réveillait pour se baigner. On finissait par y aller tous, mes parents, ma sœur et moi. Au bas des rochers, la mer ouvrait un encrier noir de lune, on s'éclaboussait, on éclaboussait les étoiles. On avait un petit creux en regagnant la maison. Le dîner recommençait, le vin blanc, le beurre, la chance d'un mois d'août où il faisait beau jour et nuit. Papa nous parlait du messie, le bédouin bohême, l'homme sans femme, en sueur sur la croix. Il reviendra et nous ressusciterons. Et sauvés nous le sommes déjà. Et vivants nous l'étions avant la naissance. Alpha, Omega, merci papa. On en aurait sacrément besoin, du bon Dieu, d'ici peu, quand maman s'en irait.

Sorti du bateau je me suis retourné, vous savez pourquoi ? Regarder l'Océan ? Le soleil en train d'amerrir ? L'horizon cramoisi ? Mes jambes flageolaient, je suffoquais d'angoisse, privé d'amarres comme je ne l'avais jamais été, même après le départ de maman. Je m'en fichais du soleil, de l'Océan. Et caché dans l'ombre au bout du quai, j'orientais mon portable à la recherche du satané réseau GSM, l'ombilic des connexions instantanées. Et si les bâtonnets du pictogramme avaient traîné à s'allumer, je décampais. Ils ont frémi, dressé leur crescendo miniature à gauche de l'écran. Aucun appel de Nina. Aucun message depuis notre engueulade, hier soir, pas un texto. L'écran s'est éteint. Éclairé, on y voit un palmier solitaire illuminer la nuit tropicale. J'ai pensé : il y a maintenant un arbre sur l'île, un arbre intermittent. Et puis il y a moi, plus solitaire qu'un palmier.

Il est onze heures du soir, et mon portable est aussi muet qu'un poisson mort. A propos, je viens de manger des sardines à l'huile et j'ai bu tout le muscadet que j'ai pu trouver dans la baraque. A ta santé, mon amour. A tes amours. J'écris pour tenir le coup, penser le moins possible à nous. Comme je suis parti les mains vides, j'utilise les calepins qui traînaient sur la table. Ils m'ont déjà servi l'an dernier, mais le verso des feuilles est vierge. Elles sont transparentes, c'est gênant. Les mots frais chevauchent les mots anciens qu'ils ont l'air d'écraser. Ne me demande pas combien de temps je vais rester, ça dépend de toi. Un jour, un an. Et si tu veux savoir où je suis, tu composes mon numéro. Avec une fille ?... Petite chérie, va. J'ai dans les bras l'Atlantique, les trois horizons à la fois, d'une noirceur onctueuse à l'heure qu'il est, veloutée. C'est une maison-phare, ici, rachetée par mon père aux Ponts-et-Chaussées pour ma sœur et moi. Un souvenir empli de souvenirs, comme ce grand piano noir désaccordé, le piano fétiche de maman, un Beckstein 1927, autrefois chez nous, boulevard Delessert, Paris XVIe. Il n'a qu'un mot à dire, ou plutôt quelques notes à jouer, et ma vie traverse les plus vieux miroirs, jusqu'au bleu des premiers jours, la mer à Trémazan, ma mère et nous tous dans une île heureuse, cernée d'éternité. Tu veux venir? Viens. Fais vibrer cet imbécile de palmier qui signale par une noix de coco les nouveaux messages, et viens. Ou c'est moi qui rentre à Paris par le prochain bateau, prochain train, n'en parlons plus. Est-ce que je délire, Nina?... Aimer c'est être joueur, prêt à perdre. Aimer ce n'est pas garder, posséder. Aimer c'est l'autre avant toi. Les chemins divergent, il n'y peut rien, tu n'y peux rien. Diverger n'est pas trahir, dis-le moi.

J'ai rencontré Nina aux soirées littéraires d'Antibes, il y a un an. Elle m'a fait dédicacer un roman, et plus tard nous avons dansé au bal donné par la ville. Un bal en plein air avec des flonflons, une petite danse de rien pour le plaisir de tourner à deux. Une gamine qui n'avait pas trente ans, pas vingt-cinq. Je me suis procuré son adresse et je l'ai revue. Elle habitait Montparnasse où j'ai mes habitudes. Tous les jours on se retrouvait au bar à tapas de la rue Bréat. Les fauteuils sont profonds, les cocktails au rhum bien dosés, la nuit s'y laisse volontiers charmer. Chaque soir, la quittant sur le trottoir, je gambergeais : trop jeune, impossible, de quoi j'ai l'air. Et de son côté, je parie qu'elle pensait : trop vieux... Le lendemain nous étions ensemble, heureux, détendus, et le génie du rhum remettait ça !

– Tu l'aimes, vas-y.

– Trop jeune.
– Vous vous entendez si bien.
– Celui qui s'attache est perdu.
– Celui qui ne s'attache pas est un tricheur, un mort-vivant...

A la minute où j'eus embrassé Nina, elle me dit qu'elle était à moi, comme si les mots n'attendaient qu'un baiser pour nous marier. Depuis nous nous aimons, nous vivons ensemble, et nous continuons d'aller boire du rhum aux heures indues.

Tout va bien, direz-vous, ça roule... Tout allait bien jusqu'à cette histoire qui me fiche en l'air. Pas plus tard qu'hier, de son lieu de travail, elle est interprète européenne, Nina me balance un long texto, le plus étonnant des couplets. Quelques jours avant notre premier baiser elle avait embrassé un garçon, un copain d'enfance. Ils avaient dîné dehors, un peu bu, et ils étaient allés chez lui. Elle m'aimait déjà, et c'est d'ailleurs étourdie par cet amour naissant qu'elle s'était laissé embrasser. Pour fuir des sentiments qui l'affolaient. Pour se changer les idées. Pour me chasser de son esprit. Elle m'envoyait ce texto sans y être obligée moralement, sans remords. Elle n'était fautive en rien car c'était arrivé avant nous. Dans une période où nous étions proches, mais pas ensemble. Elle ne m'avait pas trompé. Elle disait qu'elle ne me tromperait jamais. Elle disait qu'elle m'aimerait toujours, et moi seul. Elle disait que ce type elle s'en fichait, juste un bon copain très sympa. Elle disait... J'ai tout effacé. Je me sentais effacé moi-même, rayé par ces baisers qu'elle venait de voler à notre histoire. Le chagrin ne vous aurait pas aveuglé, vous? La jalousie? L'angoisse? Je me rappelais parfaitement son dîner sans moi, cette sortie-corvée qu'elle avait failli annuler au dernier moment. J'imaginais les mains du copain sur elle, ses mains sur lui. Jusqu'où les avaient emmenés leurs simples baisers, leurs enlacements copain-copain sur un canapé, sur un lit, affalés à même le sol en clopant et buvant des coups, les lèvres vernies de salive et d'alcool?... Hein, jusqu'où? Et moi qui berçais l'espoir que pas un homme ne l'ait approchée durant la période où les regards tenaient lieu d'étreintes entre nous. Moi qui faisais remonter notre idylle à la danse de rien sur les remparts d'Antibes. Et d'ailleurs bien plus loin. Comme si notre amour avait commencé dans ces rêves d'enfant où j'attendais qu'une fille apparaisse et me prenne la main.

A son retour, j'étais en loques. Je n'ai pas compris ses explications, pourquoi ces embrassements étaient dénués d'importance, pourquoi mes questions la trouvaient agacée, muette, elle qui se prétend réfractaire au mensonge. J'avais envie de lui arracher les mots du bec, de la piler sur place, de vivre seconde après seconde, pour me repaître de chagrin, la nuit où elle n'avait rien fait d'autre qu'embrasser un vieux pote, un brave gars qui voulait juste la passer à la casserole, en tout bien tout honneur, et qui peut-être l'avait fait, non?... Ça tournait mal, j'ai descendu l'escalier quatre à quatre en pensant qu'elle allait me courir après, me supplier. Et de fil en aiguille je suis arrivé dans l'île, incapable de rentrer chez nous sans lui parler d'abord, braqué sur l'idée qu'elle devait m'appeler, que je n'appellerais pas.

Risible?... Voire. J'ai déjà vécu ça. J'ai l'impression de répéter les erreurs d'un autre âge, il y a longtemps, quand le deuil m'a révélé quel puits de solitude il ouvrait à mes pieds. Ce n'est pas un hasard si chez moi l'amour est inséparable du deuil, de la peur. Ce n'est pas un hasard si l'amour n'entre pas dans mon cœur sans y croiser l'angoisse inchangée du deuil, et tellement d'ironie. Ce n'est pas un hasard si je débarque ici, dans l'île, là-même où j'étais petit, insouciant, où le temps devait durer toujours et d'une messe à l'autre, avec des filles dorées un peu plus belles chaque année, et la mer étirant son fil bleu jusqu'au nombril des anges ou de la Vierge Marie. La vie sort de ses gonds, on revient sur ses pas, le plus loin possible. Une petite voix me glisse à l'oreille : ça y est ? On est de retour ?... Tu viens à nouveau chercher dans ton enfance une explication à ce que tu es, à ce que tu vis, à ce que tu veux ? En être là, mon vieux, s'infliger des souffrances d'amour de gamin, de fils à maman...

J'ai déjà vécu ça oui, et j'ai commencé à l'écrire. Vous l'avez lu, mon dernier roman ? Il raconte une histoire heureuse que la nostalgie rend paradisiaque un moment. C'est la vie d'un adolescent, Marc Elern, qui perd sa mère à quelques jours du bac. Il a une petite sœur aveugle, Cathy, un père égyptologue, un merveilleux copain, Tim, grand leveur de filles, grand paresseux. Et dans son désarroi, Marc n'en tombe pas moins amoureux fou d'Alba, la jeune infirmière qu'il regarde chez elle à travers la cour de l'immeuble, dans sa cuisine, toujours seule, et qui s'y est reprise à quatre fois pour lui tirer le sang du bras. Le soir du bac, il va la voir en pleine nuit et le roman s'interrompt là, sur le palier d'Alba, juste avant qu'il ne frappe à sa porte. Je m'éclipse alors en vous promettant la suite une autre fois, plus tard, bientôt...

Et bientôt, si vous permettez, nous y sommes...

2.

J'étais plutôt nerveux, en débarquant chez Alba, conscient d'arriver chez une parfaite inconnue que j'espionnais la nuit planqué derrière les géraniums du balcon, désolé qu'un coup d'œil aussi plongeant aboutisse à la cuisine et non dans la salle de bains. Je me débrouillais. Mon imagination palliait des tâches culinaires ou domestiques à l'érotisme douteux. Je la voyais éplucher des patates, mais aussi des carottes, essuyer des petites cuillers, mais aussi des couteaux, ranger des bols, mais aussi presser une éponge au-dessus de l'évier, tourner les robinets. Je la voyais décrocher son tablier, mais aussi le nouer sur ses reins. Je la voyais battre des œufs en neige ou remuer une omelette sur le feu, mais aussi farcir des aubergines, émincer des concombres. Et j'avais beau n'en retirer aucun profit sensuel, je ne pouvais m'empêcher de participer quotidiennement aux cérémonies d'Alba chez Lucullus, de saliver à sa vue. Jamais d'amis, jamais une sortie. Elle était jolie, pourtant, une poupée blonde à la crinière de miel, avec des boucles folles sur les joues, le sein bien rond, le corps frémissant d'orbes et de huit qui montaient s'accrocher à mes géraniums, puis s'évanouissaient. Tard dans la soirée, elle allait mettre un pyjama, puis revenait siroter une infusion. Pyjama gris, pyjama vert, pyjama rose, on avait l'impression que tout son argent passait dans les pyjamas, puzzle festif auquel manquait le joyau du corps sans pyjama, sans moufle d'amiante et sans tablier, dénudé pour la caresse idyllique de l'amant. Pour moi.

Il fallait toquer à une porte rougeâtre pour s'annoncer. Alba m'ouvrit en pyjama bleu ciel, une brosse à dents mousseuse au bec, la prunelle ensommeillée. Elle bredouilla, me sembla-t-il, les mots suivants : c'est bien que tu sois venu. A moins qu'elle n'ait dit : qu'est-ce que vous fichez là ?... En retour je la tutoyai sans manière, autant pour secouer la timidité que situer d'emblée nos atomes crochus à leur meilleur niveau d'empathie.

– Tu ne m'attendais plus ?

– Si je vous... Si je t'attendais ?

– C'était bien ce soir...

– Qu'est-ce qui était bien ?

Elle semblait médusée, dormait à moitié.

– D'après ma sœur Cathy, j'étais censé passer et... C'est bien vous qui avez noté ton adresse ici ?...

Je sortis le ticket de métro que ma sœur m'avait donné, de sa part soi-disant.

– Oui... pour que tu..., pour que vous m'écriviez. Ta sœur m'a dit...

Elle me montra sa bouche encombrée d'une mousse rose et me fit entrer dans une chambre où se contorsionnaient les harmonies *peace and love* de Vangelis. Elle disparut quelques instants et je pus enregistrer les merveilleux gargouillis d'une mâchoire rincée à grande eau.

– Ce n'est pas grave, dit-elle à son retour. Je n'ai pris qu'un demi-somnifère. Et puis je suis désolée pour la prise de sang. C'était n'importe quoi. Je vous… t'ai reconnu, ça m'a fait trembler et en plus ça comptait pour mon diplôme.

Elle me présenta un vieux pouf et s'assit devant moi, en tailleur, sur un lit couvert de petits coussins aux tons mièvres, dont l'un en forme de cœur.

– Tu n'es pas trouillard, toi. Tous ceux que j'ai piqués jusque-là sont tombés dans les pommes.

– Pour que tu les ramasses et pour croquer les pommes avec toi, pardi… Je hais les seringues.

– Moi je suis un vrai fakir. Montre voir ton bras.

J'exhibai les quatre impacts violets en étoile sur mon biceps, pour l'instant nos seuls points communs.

– Ça fait toxico, désolée…

– Comme ça je t'ai dans la peau…

Si j'étais venu pour l'embrasser, je pouvais oublier. Elle voulait parler. Faire la tournée des points communs avant toute chose. Je l'avais regardée par la fenêtre, elle aussi. Elle de jour, moi de nuit. Qu'est-ce qui lui plaisait chez moi ? Mon caban d'aventurier : quand je l'ôtais je n'avais plus l'air de prendre la fuite. Elle avait une passion pour la BD, le moins onéreux des voyages. Moi, la BD, à part *Lucky Luke* et *Tintin*… Je lisais des romans, elle non. Les romans, le piano, loisirs de vieux. Ça lui rappelait les dimanches après-midi chez son père, à Montrouge, quand elle y allait encore, leurrée par des promesses de glaces italiennes ou de cinéma sur les Champs. Elle aimait la neige, moi la mer. Elle aimait se lever tard, moi tôt, elle aimait fumer, j'aimais boire, à mes heures, elle était végétalienne, j'étais carnivore, elle méprisait la poésie, les poètes, les deux mots les plus ringards de la langue française. Elle aimait les enfants, moi c'était ma croix. Elle avait perdu sa mère, moi aussi.

– Ah vraiment ? Toi aussi ?... Cancer du sein ?

– Cancer du feu.

– Du quoi ?

– Du sein. Cancer du sein.

Un nouveau point commun entre nous, et combien significatif pour moi. Mais de là à coucher ensemble, il y avait du chemin.

– C'est ancien ?

– Comme tu veux.

Elle ajouta qu'elle n'en parlait jamais. La bizarrerie de ses réponses aurait dû m'alerter. On ne se comprendrait jamais. Elle pérorait, j'écoutais avachi sur le pouf, un bol de cidre à la main. Jambes écartées, elle massait en parlant ses pieds nus, et je voyais se cabrer d'exquis orteils aux ongles rose bonbon. C'était plus que je n'en avais jamais visionné par-dessus les géraniums. A part ça, nous étions d'un avis différent sur tout, et je devais imaginer le terrain d'entente où ce pyjama bleu ciel s'envolerait au diable, abandonnant à ma rêverie surexcitée les douces pentes de son corps nu.

Elle eut sommeil, moi aussi, et ce fut notre dernière affinité cette nuit-là. Elle me fit la bise et sa bouche ne fut plus qu'un rêve luisant dans la nuit.

– On se revoit quand ?

– Quand tu veux.

– Demain ?

– Si tu veux. Je t'appellerai.

– Et moi je peux t'appeler ?

– Si tu veux, mais au dispensaire. Je n'ai pas de ligne ici.

J'essayai de l'embrasser mais elle baissa la tête et me dit d'être patient. Elle était timide. Il lui fallait du temps. Elle n'avait pas l'habitude d'embrasser.

A trois heures du matin, j'étais à la maison, horriblement déçu par ma soirée, frustré. Au bout du couloir, la lumière était allumée chez Cathy. A dix-sept ans, elle dormait dans un tout petit lit sous une couette brodée de fées, et ses pieds dépassaient. Elle avait dû veiller tard et le marchand de sable m'avait remplacé à son chevet. J'eus envie de lui mordiller les orteils, de jouer avec elle à Sam le chat, son ami Sam, le bondissant minou dont les ombres chaloupées tapissaient les murs de sa chambre, Sam en bateau, Sam au ski, Sam en hydravion.

– Au feu !

Elle ne réagit pas. Elle avait un œil ouvert, l'autre à moitié clos.

La vie ne l'avait leurrée qu'une seule fois, quand elle était venue au monde. Il ne faisait pas jour. Il ne s'était jamais levé. Le jour ne rayonnait pas, la nuit n'assombrissait rien. Elle dormait les yeux vagues, ignorant l'ombre, ignorant l'aube.

En arrivant à ma chambre, il me restait l'espoir d'alpaguer sous mes draps quelque naïade james-bondienne aux épaules de lait. Tel était mon sens chrétien du miracle appliqué au fantasme sexuel. De quoi perdre la foi, si ce n'est déjà fait.

– Alors ? fit Cathy dans l'obscurité.

– Dégage, petite névrosée.

– C'est joli chez elle ? Il y a des animaux ? Des dindons ?

– Tu m'as raconté des cracs, elle ne m'attendait pas, fiche le camp.

– C'est des couleurs chaudes ?... C'est une couette en acrylique ou en duvet ? Tu lui as dit pour ton allergie ?

– On a joué au rami dans la cuisine.

– Tu la ramènes, ça veut dire que tu l'as fait.

– Si je l'avais fait je serais encore au pieu avec elle.

On avait passé un accord, Cathy et moi. Le premier qui fait l'amour le dit à l'autre. Et c'est d'*amour* qu'il s'agit, pas d'un petit frisson vulgaire avec le premier popotin en maraude. Aussi l'avais-je entraînée à considérer tout amant potentiel comme un saligaud en train d'abuser d'une pauvre aveugle qui l'enverrait en prison. Le grand amour ou rien, tel était l'objectif de Cathy fixé par moi, son frère et seigneur, qui prétendais aussi régenter sa libido. Elle ne s'en était pas moins fait grainer l'an dernier par le Saint-Esprit, la coquine, une grossesse miraculeuse, inespérée, sans géniteur terrestre identifié, on entendait les mouches voler dans une maison prosternée devant sa vierge enceinte, le mot d'ordre maternel étant : ne disons rien, un jour elle parlera. Est-ce qu'elle savait qu'on savait ? Elle vivait dans l'invisible. Un matin, on avait entendu un cri d'épouvante, et, retour de la clinique après une équipée désastreuse, ma sœur n'était pas plus encline à déballer son histoire. La nature avait donné, la nature avait repris, c'est tout, la vie suivait son cours. Sur ce la nature avait repris maman et Cathy n'avait jamais rien dit, moi jamais rien demandé. Elle se croyait toujours vierge à mes yeux. Je m'étais juré de retrouver son espèce de violeur du dimanche et, secondé par mon copain Tim, d'aller lui crever les yeux. Il comprendrait.

– Tu mens, j'arrête de manger.

– Bonne nouvelle, t'as un gros cul.

Je crus entendre renifler.

– Mais non, sœurette, t'as un p'tit cul d'amour, on en mangerait.

– La dernière fois que tu m'as dit ça tu l'as mordu. Je ne pouvais plus m'asseoir.

– C'est debout que tu es jolie.

Je n'ai jamais compris si je préférais faire de la peine à ma sœur ou la consoler. La tuer, la ressusciter, la charmer, l'asticoter, me venger sur elle de tout ce qui n'allait pas dans ma vie… Mais attention, celui qui touche à un cil de ses yeux sans vie a raison d'avoir peur. Ma sœur est à moi.

Au bout d'un moment, je crus qu'elle n'était plus là. Pourtant, j'avais la flemme de regarder.

– Et des bisous, elle t'en a fait ? Ça, des bisous je suis sûre que oui.

– Que dalle.

– Des bisous avec la langue ?

– Avec rien… Chacun sur son nuage.

– C'est joli ça… Je peux venir sur ton nuage ?

– Il est toxique, il estourbit les handicapées. Et s'il y avait une place, elle serait pour Alba.

Elle émit son rire de pantin, un rire en saccades, un rire sans joie qui s'arrêta net.

– Je t'ai menti, c'est vrai, pardon. En fait, elle a déjà un copain. Elle me l'a dit. Un mec de trente ans, un toubib plein aux as, avec une voiture de sport et une villa sur la Côte d'Azur. Tu ne fais pas le poids, grand frère, avec ton caban pourri. Heureusement que tu m'as. On danse ?

– Si je danse avec toi je t'écrabouille les arpions, j'en fais une omelette.

Elle ne partait pas.

J'apercevais la masse de sa chevelure dans l'obscurité, j'entendais grincer le tabouret du piano. Est-ce qu'il y avait un mot de vrai dans ce qu'elle disait? Est-ce qu'Alba lui avait parlé d'une liaison? C'est vrai qu'elle avait paru sidérée en me trouvant sur son paillasson.

– T'es bien embêté parce que tu ne peux plus appeler maman chérie pour me virer...

Ce fut alors, nées du silence aurait-on dit, les quelques notes de Brahms ou Schumann que maman jouait pour moi, la musique heureuse de mon enfance, j'en eus des frissons. J'étais condamné à souffrir chaque fois qu'elle s'élèverait, chaque fois qu'elle insinuerait dans mon esprit l'idée que rien n'est tout à fait périssable ici-bas, sauf ce corps de bête accessible à la douleur. Ce corps qui retient la mémoire et l'âme et les emporte avec lui.

– Arrête ça, Cathy.

– Vous allez vous marier? Une de perdue, tu sais, t'en épouseras une autre. Il y en a plein sur les annonces, de tous les formats. Et même des handicapées.

– Toi personne ne t'épousera... Un poison pareil, et miro par-dessus le marché! Et bête à manger du foin!

La musique se fit stridente, martelée, fausse à hurler, et j'allais me lever lorsqu'elle prit fin sur un accord plaqué.

– Personne ne m'épousera et personne ne m'empêchera d'aller voir sous le métro.

– La tour Eiffel c'est mieux, t'as l'impression de voler, ça dure plus longtemps. Et puis t'as un public. Tout le monde te regarde. Mets un jean sinon on verra ta culotte.

– Si c'est ça, j'en mettrai pas!

Ma sœur est une suicidée chronique. Elle se tranche les veines, elle boit du kerdane, elle aspire le gaz au tuyau, bondit par la fenêtre ou sur les rails quand le train lui corne aux oreilles, elle se vante inlassablement d'être au bout du rouleau. Sa dépendance à la mort violente est une addiction qui fait sourire le toubib. Aucune inquiétude, aucun risque réel. Signe d'une vitalité accrue par son handicap. Réflexe d'autodéfense, banal dans son cas. Angoisse de la disparition des êtres chers, ses points cardinaux dans une bulle de néant qui s'étire ou se comprime à l'infini, vertige, étau.

– Je voudrais un chien.

– Pour la tour Eiffel ?

– Pour le métro.

– Tu les rends dingues.

– Il se jettera sous le métro avec moi.

– D'accord, va te coucher.

– Un vrai chien, pas un Snoopy.

– Un chien vivant avec des pattes rembourrées dont tu feras un chien fou, puis un chien mort, on l'appellera Samu. Sam le chat. Samu le clebs. Il n'aura qu'à ronger tes os sous le wagon en attendant les pompiers.

Je m'attendais à un magistral coup de polochon, mais il n'en fut rien. Quand je pressai la poire de ma lampe la pièce était vide, le piano chastement fermé, la porte aussi. L'obscurité ne gardait le souvenir d'aucun pied nu fuyant vers le couloir. Petite fadette, va, chipie… Le sourire aux lèvres je retournai fantasmer au gré des miroirs du rêve, entortillé dans mon drap, toujours aussi malheureux de ne saisir d'Alba que des reflets trompeurs, des premiers baisers qui n'en étaient pas, des caresses vides de toute chair, des enlacements volatils comme la fumée, cependant que mon corps se tordait à la rencontre de ces irisations qui ne duraient même pas.

A mon réveil, Cathy gisait par terre, endormie, ses mains sous les joues, un pied sur mon lit. Et je ne fus pas plus tôt levé qu'elle se glissa dans mes draps en soupirant d'aise.

3.

– Il y a une carte postale de papa, il revient…

– Avion ? Bateau ?

– Avion, ascenseur…

Elle me tendit une photo qui représentait, fendant les flots, le HMS paquebot *Saxonia*, de la compagnie britannique Cunard, et papa disait au verso qu'il prenait son bain moussant derrière le hublot marqué d'une croix. Il serait à la maison dans quelques jours, les enfants, mais pas pour longtemps. On l'attendait pour un cycle de conférences en Afrique. Il en aurait jusqu'à la mi-juillet. On ne voyait plus maman, et lui c'était un courant d'air. Il faisait la tournée des pharaons et des mégalithes, un jour en Irlande, un autre en Arabie. Et le deuil étendait sous nos pas une immense liberté dont je n'avais pas toujours l'usage.

– Il revient en paquebot, sœurette.

– Ville flottante, dit Cathy… Salon de coiffure, cinéma, tennis, centre commercial. Ce n'est pas vrai, elle ne m'a rien dit, excuse-moi. Tu peux la revoir quand tu veux.

– Trop aimable.

– Encore une tartine, s'il te plaît, un croûton. Et mets bien du beurre partout… Nous, les filles, on a besoin d'attendre, on est des lentes.

C'était bien la première fois que j'entendais ma sœur faire allusion à la sexualité. On était attablés dans la cuisine. Elle avait sa tenue du matin, débardeur et culotte de coton. Elle buvait son bol de chocolat en tirant sur une paille coudée qui finirait sarbacane à mes dépens. Le riz long grain faisait un redoutable projectile. Elle me saisissait à la gorge et me fusillait en pleine figure. Une gosse, d'à peine dix-sept ans, elle en paraissait douze, et l'an dernier elle m'avait trahi, ça m'écœurait. Elle s'était débrouillée pour connaître quelqu'un, lui faire ses doux yeux d'absente et s'abandonner à lui. Le corps de ma sœurette, le corps d'un homme, révoltant.

– Avec Tim, c'est sérieux ? Quand je suis parti vous vous embrassiez.

– Il essayait de m'embrasser, nuance. Pour te faire marcher. Et je t'assure qu'il s'est pris un vent. Tu l'as vu, ce gros porc, à l'âge qu'il a ? Maman n'est plus là et il s'imagine que je vais craquer.

– Tu ne serais pas la première.

Elle eut des intonations outrées.

– Je ne suis pas sa petite amie si c'est ça qui t'intéresse. Je ne couche pas avec lui, avec personne. Et ça n'arrivera jamais.

C'était dit avec passion.

– Ce mec est un nid à syphilis, sœurette, à n'importe quoi. Il se tape tout ce qui bouge. Et l'interdit ne lui fait pas peur. Il aurait une sœur, lui, je parie qu'il lui ferait du gringue. N'aie aucune illusion, il s'envoie tes copines chaque fois qu'il peut.

Elle prit sa respiration.

– Marjorie ?

– Marjorie, sûr !

– Julie ?

– Pas sûr.

– Titi ?
– C'est en cours.
– Véro ?
– Sûr, mais c'est vieux. Il n'y a que toi pour lui résister.
– Patou ?
– Elle est grosse et basse du fessier, il n'aime pas trop.
– Ta copine Edwige il ne se l'est pas tapée ?
– Il ne touche pas à la nana des copains.
Rien n'était moins sûr.
– Il est libre, il fait ce qu'il veut, dit Cathy.
Elle jugea utile de préciser dans un soupir :
– De toute manière, il me dégoûte physiquement.
– Tu l'as toujours haï.
– Ça ne change pas.
Je m'abritai derrière ces mots piteux :
– *Toto va bene.*

Maman n'étant plus là, ça m'aurait pourtant bien arrangé une belle histoire entre ma sœur et mon copain. Mon père était bien trop absorbé pour s'occuper d'elle et mes grands-parents passaient leur temps à broyer du noir. On fuyait tous leurs salamalecs de vieux dépressifs compatissants. Encore une fois c'était moi qui l'avais sur les bras, la petite miro. Il était écrit que nous étions une même entité. Et je la trouvais un rien collante, ces jours-ci, l'entité, cette fille éternellement dans mes pattes, tanguant à ma rencontre en écarquillant des yeux morts comme si c'était moi qui les avais tués.

– Et cette histoire de chien ?
– Quel chien ?
– Tu m'as parlé d'un chien, cette nuit, faudrait savoir. Pour avoir moins peur dans le métro.
– Peur de quoi ?

Elle recommençait à m'énerver.

– T'as peur de tout.

– Ça te va bien !

Qu'elle ne me cherche pas. J'étais à cran, décalqué d'insomnie, harcelé par le fantôme en pyjama bleu ciel d'une Alba qui n'arrêtait pas de minauder autour de moi, de me frôler.

– Je voudrais un chat. Comme ça il y aura toujours quelqu'un avec moi quand tu partiras d'ici.

– Ça part beaucoup, les chats.

– Pas celui que j'aurai.

– T'as un nom ?

– Saminou.

– Grotesque.

Je lisais dans ses pensées, j'entendais sa voix secrète : maman est partie, tu feras pareil. C'était bien la peine que j'apprenne à courir, à vivre, à jouer du piano, à repousser de mes mains le silence autour de mes yeux. Alors un chien, dans ma vie silencieuse, un chat, un perroquet, une taupe, un cafard, un dindon, un homme…

– Je serai toujours là, Cathy.

– Pour le déjeuner je vais faire un gratin dauphinois au jambon.

– Sans ail.

– Il n'y a pas d'ail dans le gratin dauphinois, sauf au fond du plat pour l'aromatiser.

– Et pas de jambon.

– Dans le mien il y a ce que je veux.

– Tu n'as pas le droit de toucher au gaz.

– Allez, un tout petit peu de gaz, une toute petite allumette.

– Une explosion de rien du tout.

– Et pas de chagrin du tout.

Nous restâmes sans parler, puis je vis bouger sa main sur la table, petit crabe esseulé, et l'index de Cathy s'avança pour effleurer mon poignet, puis il ne bougea plus.

– On va voir la chambre de maman ?

Nous la vîmes, une pièce impeccablement rangée, le musée méticuleux d'une absente, avec ses lunettes d'écaille et son livre ouvert sur la table de chevet, sa bouteille d'eau à moitié bue, ses médicaments, son gilet violet sur l'oreiller, la bouteille de champagne Ayala pour fêter son retour à la maison la dernière fois. Mon père avait déménagé au bout de l'appartement, dans son bureau, laissant la place à quelqu'un qui n'existait plus. Il avait trop de souvenirs ici, je suppose, et besoin d'oublier. Ma sœur avait pris possession des lieux. Elle passait tous les jours l'aspirateur et maman lui parlait. Nous nous parlons, disait-elle… Sans doute un échange assez confus, avec ce ronflement d'aspirateur. Sur le grand lit blanc j'eus soudain la vision du corps de maman dans les affres de l'agonie, puis du corps d'Alba ployé par le rut, luisant de sueur, je ne voyais plus qu'elle, en un fantasme ordurier, elle avait la langue hors de la bouche et tiraillait sa toison pubienne, exhibant sa vulve rose corail, souriant à quelqu'un, à ce garçon qui n'était pas moi, dont peut-être elle avait bel et bien parlé à Cathy. Sur le côté, ma sœur gazouillait des cucuteries, elle disait que les affaires de maman étaient pliées dans l'armoire, repassées au fer doux, qu'il ne manquait pas une robe sur les cintres, que chaque mois elle renouvellerait les sachets de senteur florentins, chaque année la naphtaline, tant qu'elle vivrait. Elle avait dressé la liste de tous les objets réunis dans la pièce et dans le sac à main posé sur la commode, jusqu'au bâton de rouge et jusqu'à ces trois saloperies de Gitanes dissimulées au fond d'une pochette à fermeture Éclair. Je l'imaginais faisant ses inventaires, la nuit, sous le regard de maman, enfin réconciliée avec cette mère qui lui avait donné la vie sans la vue.

Je fus alors intrigué par un reflet couleur de feu sous les rideaux verts, à même le plancher. Il y avait une grosse orange dans une soucoupe chinoise.

– Elle était là cette orange ? Tu l'as listée ? Personnellement je ne l'avais jamais vue.

– C'est une offrande.

J'en restai comme deux ronds de flan.

– Pour qui ? Tu joues à la dînette avec maman ?

– C'est de la nourriture sacrée, imbécile, on ne la mange pas mais ça fait plaisir au bon Dieu.

Je n'avais aucune envie de faire plaisir au bon Dieu, moi, je le trouvais bien encombrant, bien fatal, celui-là, pour un sauveur aussi difficile d'accès. Non seulement il vous prend vos parents, mais il faut dire merci. Redoubler d'amour et d'attentions. Placer des fruits de saison sous les rideaux.

– Des oranges… le petit Jésus… c'est vrai qu'il a fait un séjour en prison, dans le temps. Il payait sa dette à la société… Des oranges… Déjà qu'il multipliait les pains.

Puis j'eus un horrible soupçon :

– Dis donc, sœurette, tu ne fais pas partie d'une secte au moins ?

Elle répondit du tac au tac :

– Pas la secte des gros nazes, frérot, rassure-toi, j'aurais bien trop peur de t'y rencontrer.

Elle tenta une sortie en coup de vent et je crus bien qu'elle allait s'étaler, mais elle se rattrapa au chambranle avec la grâce de Bunny en cavale, et disparut en ripant sur ses chaussettes de nuit.

Nous étions fâchés. Je connaissais le tarif dans ces cas-là. Elle ne boudait pas, ne tordait pas le nez à mon approche, elle se contentait d'afficher un masque d'impassibilité minérale qui rendait fou. Indolore au début. Le supplice de la goutte d'eau entre les sourcils. A la longue on paierait pour qu'on vous défonce le crâne à coups de masse. N'en pouvant plus, c'était toujours moi qui faisais le premier pas, m'excusais, me découvrais des torts. D'une seconde à l'autre le visage de Cathy retrouvait des couleurs, et finalement elle me tombait dans les bras en pleurnichant que je faisais tout pour l'embêter, que je n'étais pas gentil.

Pas gentil, moi ? Je suis trop gentil. Et ça coûte cher aux étourdis qui me croient sans défense. Pourtant, je préviens.

Au moins je ne l'avais plus sur le dos, et je partis me doucher avec le fantôme d'Alba très impatient d'un tête-à-tête. Je n'avais pas réglé la température de l'eau que le mur contigu à la chambre de Cathy résonna des luxuriantes harmonies cuivrées d'un Dario Moreno qui, pour moi, s'apparente au pastis : insupportable, excepté les jours de canicule, les doigts de pied en éventail sur le bord du grand bleu. Brusquement, le fantôme d'Alba se ratatina sous le choc d'un jet glacé, et je poussai un cri. La petite garce ! Elle jouait avec les robinets du lave-main dans les toilettes, elle déréglait le mitigeur à bout de souffle. Et maintenant un flot brûlant frappait l'émail et me projetait comme des étincelles sur les mollets. Attends voir, cocotte, rira bien… J'attrapais une serviette quand le téléphone sonna. Le temps que j'arrive au bureau il ne sonnait plus, et je vis ma sœur lâcher le combiné qui se mit à pendre comme un poisson crevé.

– C'était qui ?

– Du sang ! Du sang ! Du sang ! hurla Cathy dans un rire.

– C'était Alba ?

– La prise de sang a foiré, ils vont t'en refaire une avec une seringue plus grosse.

– C'était elle ?

– Respire à fond, regarde ailleurs, ne pense à rien.

– Tu as pris son numéro au dispensaire ?

– Non… D'ailleurs ce n'était pas Alba, c'était sa chef, la vieille à moustache.

Je frissonnais sur le seuil, je mettais de l'eau partout, j'aspergeais des bouquins de papa, des dossiers en fatras sur le plancher. Je n'avais qu'une main libre avec cette andouille de serviette qui tombait. Ma frangine avait beau être aveugle, je n'arrivais pas à me balader à poil devant elle sans être gêné.

– Raccroche, c'était qui ?

– Mais c'est qu'il vous mordrait. C'était ma vie privée, voilà, ça ne te regarde pas !

Je faillis lui répondre sur le même ton. Ah bon, et qui t'a engrossée l'an dernier ? Quel immonde pervers ? Ça s'est passé où ? Combien de fois ? Dans le train, pendant ton voyage à Lourdes ? A Lourdes ? A Paris, quand tu vas dormir chez ta copine Océane, la cinglée d'Edgar Poe ?

– Excuse-moi, sœurette. Mais raccrochons quand même.

A peine j'eus remis le téléphone en place qu'il s'égosilla. Je répondis. Un soupir excédé au bout du fil, un déclic, le néant.

– En effet, c'était ta vie privée.

– Tu es bien naïf si tu crois qu'elle va t'appeler, toi, un mec qui a peur du sang.

Je sortais quand le téléphone carillonna. Déclic, soupir, néant. J'étais si vexé que je fis semblant d'avoir quelqu'un au bout du fil.

– Ouais mec, ravi, j'étais sous ma douche… Une bombe, ouais, foutue j'te dis pas…

– C'est Tim ?

– Boucle-la, fis-je à Cathy, une main sur l'émetteur.

– Fais chier, claironna-t-elle, raccroche.

– … Plutôt pas mal pour une première fois, je te raconterai… Elle avait ses… Dans combien de temps ?

– Sans moi, hurla Cathy.

– Je passe un futal et j'arrive.

– T'arrives pas, tu dois manger mon gratin.

Je raccrochai au nez du père Noël.

– Toi, je ne suis pas ta mère, espèce de mocheté, compris ? Et tu n'auras pas épluché les patates que je serai déjà remonté.

– Si c'est ça, je n'épluche rien. Et si tu descends voir Tim, je t'interdis de lui parler de moi.

– Si tu crois qu'on s'occupe des boudins.

Parfois je me disais qu'on ne pouvait rien comprendre à cette fraternité, du dehors. Il fallait nous voir à l'œuvre, ma sœur et moi, et pas de cécité qui tienne, en apparence. On avait une manière de s'aimer voisine du châtiment, on se poursuivait en poussant des cris d'oiseaux égorgés, on se battait comme des chiffonniers, je tapais sur une aveugle, elle me tapait dessus avec ce qui lui venait sous la main, elle me tétait les yeux dans mon sommeil et j'avais l'impression qu'elle m'aspirait les paupières, elle plaçait des cactus entre mes draps à hauteur des pieds, et moi je lui criais d'une voix terrorisée qu'il y avait le feu dans l'appartement, cours Cathy, cours…

4.

J'arrivais chez Tim, à l'étage en dessous, quand me revint un rêve fait au cours de la nuit. Mais était-ce un rêve ? Je m'assis dans l'escalier, la tête entre les mains. Une fille aux bras nus sur la dune, elle souriait, regardait vers moi, ce n'était pas Alba. Je trompais un fantasme avec un rêve. Je fermai les yeux. Je la connaissais bien, mais comment pouvais-je ignorer son prénom ? Ne pas m'en souvenir ? On voyait la mer à l'horizon. C'était un rêve lumineux, mais j'avais la sensation d'un bonheur perdu. Mon cœur battait. Les yeux ouverts j'eus envie de rire. Je la connaissais bien, mais dans mon rêve uniquement. Dans l'escalier du boulevard Delessert, c'était une parfaite inconnue.

L'instant d'après je sonnais chez mon pote en espérant qu'il ne soit pas encore au lit avec une fille ou parti s'en lever une au coin de la rue.

La porte s'ouvrit sur une espèce de forban. C'était bien lui, mais dans quel état, pas rasé, pas lavé, drapé du peignoir à fleurs de sa tante, des savates jaunes aux pieds.

– Ça va mal, fit-il d'une voix ravagée.

Il chancela et faillit me tomber dessus.

– Toi, t'es bourré.

– Moi?... T'as vu jouer ça où? J'en suis à peine à l'éveil musculaire.

– Bourré comme un coing.

– Attends voir que j'attaque les étirements.

– Les étirements du foie.

Il eut un hennissement de mépris :

– ... J'ai peut-être poussé un peu loin, l'émotion depuis hier soir.

Il m'emmena dans sa chambre, un foutoir aménagé en gourbi naval de capitaine Crochet, son héros préféré quand il était gosse. Il n'avait jamais retouché le décor des lieux qui donnait l'impression d'arriver dans un film. Les rideaux étaient tirés, la literie dégorgeait ses couvertures de satin rouge sur le plancher. Ça sentait la nuit blanche, la sueur, mais ce fut la table qui retint mon attention, le bougeoir dégoulinant de cire, le téléphone, la bouteille de rhum, le revolver noir auquel s'entortillait un slip rose que Tim attrapa pour le humer goulûment, comme s'il manquait d'air.

– Tu ne devrais pas chahuter avec un revolver. C'est un vrai?

– En plus il est chargé, dit Tim en attrapant l'arme, et il ôta le cran de sûreté. Un truc SS, ça vaut une fortune.

C'était un enfant gâté. Sa tante l'avait élevé dans la facilité. Elle avait beau dire et prétendre le rationner, le restreindre, elle lui payait tout ce qu'il voulait. Il possédait voiture de sport et moto. A vingt-trois ans il n'avait pas de métier, se baladait de boulot en boulot, et n'en demandait pas plus. Un jour, rien d'urgent, il reprendrait la tannerie des cuirs de Madagascar, que son père avait mise en faillite avant de mourir.

– Arrête.

Il avait l'air dément dans son peignoir à fleurs de vieille dame, avec ce flingue, il faisait peur.

– J'arrête, dit-il, et il glissa l'index dans l'anneau, sur la détente.

– Pose ça.

– Je pose. A mort les possesseurs d'armes à feu.

Avant que j'aie pu réagir, il se plaça le canon sur la tempe, et me fixant d'un air indigné il pressa la détente. Le déclic éclata dans ma tête comme un tonnerre et fit vibrer mes tympans. Puis le revolver m'arriva dans les pieds.

– Trois fois, gémit-il en s'affalant dans le fauteuil pivotant. Je l'ai appelée trois fois, et trois fois je l'ai prévenue que j'allais tirer. Et j'ai tiré les trois fois. Elle n'est même pas descendue voir.

– Ma sœur ? fis-je incrédule.

Tim avança la main vers la table et retourna un cadre doré 12 × 18 où l'on voyait Cathy en soutien-gorge et culotte mauves, allongée voluptueusement sur le lit à tête de mort du capitaine Crochet.

– J'en suis fou, balbutia-t-il, et il retourna le cadre avec un frisson. Et c'est fini. A cause de toi.

Je faillis en tomber à la renverse. Il était assez intime avec Cathy pour la filmer à peu près nue. La déguiser en effeuilleuse de bordel. Ils étaient ensemble et je ne l'avais jamais su. Ils m'avaient trahi tous les deux, roulé. Depuis des années sans doute. Ma sœur, mon copain. Je sentais la rage monter. J'aurais dû lui foutre mon poing sur la gueule. Je me contentais d'avoir les mains moites et des battements de cœur désordonnés.

– Tu te tapes ma sœur ? fis-je d'une voix sans timbre, comme s'il y avait le moindre doute là-dessus.

– Je l'aime, c'est différent. Et elle ne m'aime plus. Elle est belle, non ?

Sur la photo Cathy avait encore ses magnifiques cheveux longs à reflets vermeils. Il y avait bien deux ans qu'elle les avait coupés ! Et ce tocard mimait pour elle un suicide à la russe. Un acte de piraterie aussi bidon, aussi kitch que ce perroquet empaillé et toutes les pouilleries dont il attifait les murs de sa piaule. Un décor dans le décor. Heureusement qu'elle avait les nerfs bien accrochés.

– Des photos, t'en as d'autres ?

– Tout un album.

– Je te conseille de me le filer.

Il ricana et fourragea des deux mains dans sa chevelure.

– T'es qu'un fouteur de merde, dit Tim et il tendit la main vers la bouteille de rhum.

Je le pris de vitesse et saisis la bouteille avant lui. Je n'avais même pas envie de la lui briser sur le crâne. Il faut vous dire que Tim est un grand frère, pour ma sœur et moi. Un frère indigne visiblement. Il nous a toujours protégés. Sa tante est son unique famille avec nous. Il est un peu seul dans la vie. C'est un peu curieux de la part de quelqu'un qui tombe les filles aussi facilement, sans y penser. Et chaque fois, Tim est le plus consolateur, le plus serviable des bons garçons. Ça dure un soir ou deux, ça pleure. Il les a eues toutes, ma frangine exceptée. Non, il l'a eue aussi. Et moi qui prenais au sérieux le grand numéro d'exécration timesque – il sent l'ail, il est vulgaire, il rit trop fort…

– C'est toi qui l'as foutue enceinte ?

– Ne dis pas de conneries, s'il te plaît.

– Mais c'est toi ?

Il éclata.

– Si c'était moi on aurait eu le môme et il aurait porté ton prénom, ducon.

– C'est qui ?

Il se cacha le visage dans les mains.

– On s'en fout... Si tu n'étais pas une sale petite balance, ce ne serait jamais arrivé.

– Qu'est-ce qui est arrivé ?

Il eut un haut-le-cœur, ravala sa nausée, puis les mots sortirent de sa bouche comme sous la pression d'un estomac qui tente vainement de monter à l'air libre.

– ... D'habitude elle s'excite, elle veut m'arracher les yeux mais ça finit bien. D'habitude j'ai le dessus, et ça veut dire qu'elle a le dessous...

– Je ne comprends rien.

Il faisait pitié. Je l'aurais presque consolé.

– Tu lui as demandé de ne pas me parler d'Alba. Que sinon je voudrais me la faire. Et tu as dit que j'étais un détraqué sexuel.

Il sourit avec tristesse.

– Elle s'est mise à pleurer à froid, tu la connais. Y'a rien qui bouge, pas un pli. L'œil droit ne sait pas ce que fout l'œil gauche, t'as l'impression qu'elle est toute gentille alors qu'elle va t'assassiner, c'est de la gentillesse pour que tu sois mort, et d'ailleurs t'es mort, je suis mort.

Il pivota sur le fauteuil et dut faire un effort pour lever la tête.

– ... Écoute bien ce qu'elle m'a dit. J'espère que jamais tu n'entendras ça.

– J'en ai assez entendu.

– Qu'elle ne voulait plus de mes mains sur elle, plus jamais. Qu'elle allait s'acheter un chien pour me remplacer. Et qu'il la suivrait sous le métro.

Je n'arrivais plus à lui en vouloir, il gémissait effondré dans le fauteuil.

– Mais tu pouvais pas la fermer !...

– Et comment j'aurais su ?

Il soupira :

– Elle est bien, au moins, l'infirmière ? Tu l'as tirée ?

– Fiche-moi la paix. C'est toi le tireur fou.

– En tout cas, la prochaine fois, tu prendras pour confidente une balle de fusil. Et après tu m'en feras cadeau, c'est moins dangereux qu'une fille comme ta sœur…

J'ai ramassé le revolver et je suis remonté à la maison. J'avais l'air fin, avec cette arme à la main. Où la planquer ? Cathy réclamait un chien, un chat, mais un flingue pouvait l'intéresser, et le cas échéant remplacer le plongeon sur les rails de Bir-Hakeim. Finalement, je m'en suis débarrassé dans le bac à légumes du frigo, sous les endives. J'étais sonné. A défaut de gratin, j'ai mangé des nouilles froides. Je m'attendais à ce que ma sœur vienne au rapport, mais elle s'en est bien gardée. Je la revoyais sur la photo. Est-ce qu'elle était seulement au courant ? Est-ce qu'elle se doutait que Tim possédait cet album érotique où elle était la star ? Je n'aurais jamais le courage de lui poser la question. Elle n'avait que trop tendance à perdre la tête, sa pente naturelle. Une aveugle, quel enfoiré quand même. Ma sœur et lui. Ça me paraissait évident, soudain. J'apprenais le même jour qu'ils étaient ensemble depuis des années et qu'ils ne l'étaient plus. Elle cachait bien son jeu, la petite miro. Je comprenais mieux son empressement à savoir si c'était vrai qu'il s'envoyait tout ce qui bougeait. Mine de rien, elle me tirait les vers du nez, citait le nom des filles qui passaient à la maison et que Tim était susceptible d'avoir débauchées. Connaissant le caractère de ma sœur et sa jalousie sanguinaire en amitié, j'avais diplomatiquement préservé les copines proches, les favorites, des avances de mon pote, alors qu'elles ne sortaient, parfois, d'ici que pour descendre chez lui. C'était vrai pour au moins deux d'entre elles, Diane et Titi, les mieux gaulées. Je n'aurais pas dit non. Depuis, Cathy choisissait son entourage avec soin. Sa meilleure amie, Dorine, était une masse de gigotements gélatineux, l'autre, Marie-Thérèse, un flot continu d'hilarité.

Mon repas fini, je suis allé roupiller dans le fauteuil club du salon, cadeau de mon père pour la fête des mères. Et le fantôme d'Alba n'a pas tardé à revenir se déhancher, se mettre en pyjama sous mes yeux. Tout m'attirait chez elle, tout nous séparait. Il me semblait pourtant que nos bouches prendraient feu quand elles se toucheraient. Ces pensées n'étaient interrompues que par les sonneries occasionnelles du téléphone, et chaque fois mon cœur battait. Mes grands-parents, ma tante Paule, ma cousine Marie, ça se bousculait. Alba n'appelait pas, j'en avais mal au ventre. Elle avait dit qu'elle téléphonerait du dispensaire et qu'on se verrait. Heureusement, je savais où la trouver…

Il y eut un appel de mon père, tout fier d'utiliser les appareils de bord du paquebot *Saxonia*. La traversée se déroulait sans encombres, il serait là bientôt. Il y eut un appel du Centre éducatif qui s'étonnait que ma sœur ne soit pas venue aujourd'hui. Tim lui-même se manifesta pour s'excuser et m'annoncer l'arrivée d'un cadeau sur le paillasson, quelque chose qu'il avait écrit à mon intention.

Il faisait tout à fait nuit quand, décrochant dans l'obscurité, j'eus la voix d'Alba dans l'oreille. Oui c'était elle. Oui c'était moi. Elle était quelque peu surprise de me trouver là.

– Ah bon ?

– Je t'attends depuis trois heures… ta sœur ne t'a rien dit ?

– SALOPE !

5.

Mon expérience amoureuse était des plus mince, à l'époque, mais je voyais les choses autrement. Non pas en termes d'expérience, mais de sensibilité à l'essence même de la vie. Avec le corps féminin je me sentais lié par mes plus vieux souvenirs, il était mon plus vieux souvenir et je n'ouvrais pas les yeux sans penser à lui. A trois ans, je fais lit commun avec ma tante Alice, un authentique laideron, vieille fille à verrues. Au moment du coucher, elle me dit : retourne-toi, et c'est le cœur battant follement que je l'entends se déshabiller, quitter un à un ses vêtements, c'est la première fois que le corps d'une femme est si près du mien. Ensuite, au lit avec elle qui ronfle, je lui caresse le bras et j'ai hâte d'être au lendemain pour entendre à nouveau : retourne-toi… Un autre jour, ma mère donne le sein à ma petite sœur. Je vois le cordon rose de la chemise entrouverte, et dans ce nid palpitant, le visage de bébé fondu à la chair de maman qui regarde vers moi, souriante, épuisée, mon père me vire à coups de pied, *raus*. Il fait si chaud à Trémazan cette année-là que l'évaporation fait trembler l'horizon sur la mer. L'après-midi, j'aide les paysannes à savonner les langes de Cathy sur le muret du jardin. Je bois le café avec elles à la cuisine, je dors sur leurs genoux. Elles sont un peu fermières, un peu bohémiennes, la nudité sourit dans leurs blouses échancrées.

A quinze ans, j'avais perdu ma virginité en Suède avec une blonde aux cils transparents, treize ans d'âge, au mieux. Des baisers chanteurs pareils à des gazouillis. Nous allions dans une île au milieu d'un lac, à la rame, et sans dire un mot nous faisions l'amour à l'ombre des pins. En bon catholique habitué aux targettes des salles de bains, j'ignorais qu'il fût aussi naturel d'être nu sous le regard énamouré d'une adolescente à corps de roseau, nu comme les fourmis, comme la chaleur du jour ou les poissons dans l'eau. Entre deux baisers nous piquions une tête et mangions de petits croissants à la cannelle arrosés d'une limonade à la pomme. Nous rentrions quand la lumière fraîchissait, toujours aussi peu causants. Elle redevenait la fille de la maison, la benjamine un peu godiche, effacée, moi l'ami parisien du grand frère. Le dîner fini on jouait aux cartes et chacun dormait dans sa chambrette en bois peint. Le jour de mon départ, elle me tendit un sous-bock vert sur lequel *je t'aime* était gravé en français. Je vis deux larmes enfler dans ses yeux, s'étoiler. Elle s'avança pour enrouler sa langue à la mienne et ce fut notre adieu. J'ai oublié jusqu'à son prénom. Le sous-bock gît quelque part dans une boîte à souvenirs avec des lettres d'amour par centaines. Il en faut des tonnes pour compenser l'amour d'une mère disparue. Et ça ne compense rien.

Après la Suédoise j'avais eu la Bretonne au regard vert marin, une peau d'acajou, puis en août une Andalouse ou soi-disant telle, fille au pair, que je n'ai jamais pu voir de dos, sauf drapée d'interminables gilets. Complexée, j'imagine. Elle avait un maillot de bain vert pomme avant la baignade et quasi translucide au sortir de l'eau. Elle m'abreuvait de compliments, en français, me jurait un amour éternel que je lui payais comptant sur une serviette éponge étalée parmi les dunes, en plein vent. Trois jolies filles, le même été, trois horizons différents. A ce rythme-là je ferais le tour du monde avant d'avoir mon bac. Qui m'aurait dit non? L'amour sensuel était un trésor dont j'avais enfin la clé d'or, moi seul. On fait crier sa partenaire, on l'éreinte le temps qu'il faut, on la renvoie les genoux flageolants dans ses foyers, le tour est joué. Ensuite elle est à vous. Tim me l'avait bien dit.

Cet hiver-là je tombai amoureux d'Edwige, une Suissesse née au Chili, mon quatrième horizon. Nous nous embrassions dans les bus, dans les jardins, au café, dans les soirées, devant Cathy. Une embrasseuse née. Faire l'amour? Edwige en rêvait, mais attention, je méritais mieux qu'elle. J'étais intelligent, elle non. J'étais brillant, elle quelconque. J'étais sympathique, elle ennuyeuse à mourir. Mais alors?... Un garçon amoureux d'une fille aussi terne était forcément bizarre, ou complexé, ou terne lui-même, elle ne coucherait pas avec lui. Je crois bien que Tim se l'est envoyée. Il avait dû la traiter de pauvre connasse, entre deux portes, et ça lui avait plu.

J'étais un amoureux dépité le jour où je m'étais installé chez mes grands-parents, à Raspail, avec cette vue plongeant sur l'évier d'Alba, sur Alba devant son évier, sur Alba faisant la vaisselle, sur Alba se brossant les dents, sur Alba se rinçant la bouche au robinet, sur Alba que je parais de toutes les nudités dont j'avais paré les autres avant elle, comme si la cuisine était une salle de bains et que le moment venait pour une ravissante inconnue de monter sur la bascule en soutien-gorge et culotte, d'ôter soutien-gorge et culotte en un mouvement caressant qui les faisait planer et choir dans un panier, puis l'air songeur de se tourner vers la nuit noire, autrement dit vers moi, le rêveur incognito qui peut la rhabiller ou la coucher dans son bain et, tandis qu'elle s'endort en battant des cils, la posséder.

C'est ainsi que je mis fin à mon désir d'Edwige, en jouant à la poupée avec le corps d'Alba. Je n'avais plus qu'à faire le lien entre la personne et la poupée.

Les trois coups frappés à la porte rougeâtre ont résonné dans ma mémoire, à quel niveau, je n'en sais rien. Puis la porte s'ouvrit à la volée sur une fille paniquée.

– C'est le four, les quenelles !

J'adore les quenelles... Ce fut une pensée muette, éclair, aussitôt balayée par les événements. Alba sortit une moufle d'amiante au poing, me bouscula et disparut dans l'escalier en criant : « J'ai peur du feu. » Que faire ? Lui courir après ? Moi aussi j'ai peur du feu. C'est un fantasme récurrent, l'incendie tentaculaire à deux heures du matin, la chambre perdue sous les toits au fond du couloir enfumé, les flammes grouillant derrière la porte qui se met à brûler avec d'horribles craquements, et soudain le choix peu ragoûtant, catastrophique, entre sauter par la fenêtre ou flamber soi-même avec d'horribles cris. A part ça, je ne suis pas plus idiot qu'un autre, et le sinistre en cours étant visiblement bénin, je fis les quelques pas qui me séparaient du four, un appareil électrique d'appoint posé sur la table, ennuagé de vapeurs nauséabondes. Je l'éteignis, j'ouvris la fenêtre en grand et pus voir le balcon de mon ancienne chambre au septième étage de l'immeuble en vis-à-vis – ma planque de voyeur, à un jet de pierre.

Ayant changé de camp, je n'avais plus qu'à persuader la belle d'installer des rideaux. On n'était jamais trop prudent.

– J'adore les quenelles, surtout les quenelles cramées.

– Elles n'ont jamais cuit que trois fois, je t'attendais plus tôt.

Elles étaient des plus mangeables. Seule la couche supérieure de gruyère râpé destinée au gratin avait morflé, changée en une croûte carbonisée que j'avais lancée dans la cour.

– Tu m'as traitée de salope, au téléphone.

– C'était ma sœur, ça m'a échappé.

– Pourquoi ?

– Je ne sais plus.

Alba me semblait distante, et sa bouche à des années lumière des baisers que je rêvais d'y cueillir. Elle s'était ressaisie depuis hier. Il n'était plus question de la magie des imprévus, de cette chance qui nous avait extraits elle et moi du hasard aveugle et mis en contact à la pointe biseautée d'une aiguille à ponction. J'essayais d'alléger l'ambiance, d'être amusant, malicieux, mystérieux, mais elle ne prêtait guère attention à ma personne. Bien la peine de m'avoir téléphoné. Nous avions fait connaissance, en tout cas essayé, c'était raté. Quelque chose en moi la chiffonnait. J'en perdais tout naturel, silencieux à mon tour. Je dînais dans mon coin près d'une fille occupée à se grattouiller les ongles entre eux. Et quand elle me servit distraitement ce grand bol de mousse au chocolat, beaucoup trop copieux, je me fis l'effet d'un clebs recevant sa pâtée.

– Je vais me coucher, dit Alba dans un bâillement. Désolée, mais tu ne rentrerais pas dans mes pyjamas.

La petite vipère me virait. Maintenant qu'elle m'avait bien chauffé les sangs, elle me priait de sortir de sa vie. Je serais encore dans l'escalier que j'aurais l'impression d'avoir tout imaginé, la fenêtre éclairée sous la lune, la fille à la chevelure de miel, les petits seins volages dans les pyjamas arc-en-ciel, les bras blancs, le regard chaviré, le sourire attendri... Par moi ? J'étais bien trop seul pour attendrir quiconque et m'en faire aimer. Je connaissais mon lot, ma vie. Une petite aveugle ronchon m'attendait boulevard Delessert. Une petite boule de rage à cette heure-ci. J'avais osé faire ça, me tirer sans prévenir, pour le plaisir de l'angoisser. Trahison, perversité.

– Ok, dis-je en repoussant ma chaise, moi aussi je vais me coucher, d'ailleurs je n'aurais pas dû venir.

Elle me regarda l'air effaré.

– Pourquoi ?

– Tu vas te coucher, non ?

– Et c'est ça qui te fait partir ?

– Non.

– Comme tu veux.

– Mais non je ne pars pas.

– Pourquoi ?

– Je reste. On ne sait jamais, s'il y a encore le feu.

Elle fronça les sourcils et se mit à trembler. Je la vis lever lentement les bras pour me les passer autour du cou. J'eus sa joue sur mon cœur, sa chevelure contre mes narines, elle frissonnait.

– Mon pauvre Marc, fit-elle d'une voix hachée, tu ne pars pas, non. Tu n'es pas venu pour partir, qu'est-ce que tu crois...

Puis dans un soupir :

– Je t'achèterai un pyjama.

Elle ajouta :

– J'ai un peignoir, si tu veux, dans la salle de bains. Mais je te préviens, je ne sais pas dormir à deux.

Ce fut ma première nuit d'amour avec Alba. Il faut bien l'appeler ainsi puisqu'il y avait des sentiments amoureux entre nous, les plus forts qu'elle eût éprouvés, me révéla-t-elle. En rêve, et comme un chant somnambulique, elle me récita son histoire, elle était née d'une mère en train d'agoniser, sortie par les pompiers d'une voiture en feu où son amant avait trouvé la mort au volant. Elle pouvait donner tous les détails de l'accident. Il n'était rien qu'elle ait vu d'aussi près que cette collision, ce feu, dans son cœur. Sa mère avait un mari qui l'avait reconnue, appelée Alba, le nom de la voiture brûlée, une Ford Alba. C'est par lui qu'elle était au courant du drame. De temps en temps ça la prenait, elle regardait brûler des allumettes. Elle en achetait un stock et ça durait des heures, c'était rassurant. Elle revivait son premier souvenir d'enfance, l'accident sur la nationale 12, le camion doublé dans le brouillard, entre Versailles et Dreux, le choc frontal avec l'autre camion, le brasier, sa mère qui meurt, elle qui naît. Tant de fois elle avait scruté le film de sa naissance en frottant des allumettes qu'elle en avait fait son plus doux, son plus malheureux souvenir.

Il y eut un silence.

– Mais tu m'avais parlé d'un cancer la dernière fois.

– D'un cancer du feu, oui.

– C'est quoi, ça !

– Un mirage. Je ne voulais pas t'affoler avec cette histoire d'accident. Moi-même il me fait peur. La nuit, j'ai l'impression que tout recommence, que je suis ma mère enceinte en route pour la clinique, que je vais brûler vive. Je suis désolée pour ta maman.

Je voulus l'embrasser mais elle se cacha dans mon cou. Sois patient, dit-elle, deux mots chuchotés à mon oreille, suivis d'un léger ronflement. Je me demande aujourd'hui si ce n'est pas moi qui ronflais sonné par l'émotion, tandis qu'Alba se regardait naître sur une civière au point du jour. Moi aussi j'enflammais des allumettes et la contemplais à travers les déchirures du feu, je la voyais dans sa cuisine en slip rose, en soutien-gorge vert, je me rinçais l'œil sur des nudités imaginaires, plus proche de cette Alba que de la fille en chair et en os qui couchait avec moi ou plutôt dormait, me faisant partager son lit, sa nuit mais pas ses caresses, aucun baiser.

– Qu'est-ce que tu fais ? dit-elle soudain.

– Je t'embrasse, j'essaie.

– S'il te plaît non, tu n'essaies pas de m'embrasser.

– Pourquoi ça ?

– A ton avis.

– C'est physique ?

– Je ne suis pas prête, c'est tout. Allez dors.

Je dormis, je rouvris les yeux.

– Et tu seras prête, un jour ?

– Mais bien sûr, fit-elle avec élan, d'une voix très tendre, n'aie aucune inquiétude, j'en ai autant envie que toi. Et elle me caressa la joue.

– Tu as perdu ta maman, tu es si mignon, j'ai presque envie de t'embrasser… Mais si je t'embrasse tu voudras recommencer. Vous êtes tous les mêmes…

Et elle retourna dans son coin.

Au matin, elle me tournait le dos, recroquevillée au bord de la ruelle. Une poignée de mèches blondes émergeait en haut du drap qu'elle accaparait et verrouillait de ses poings crispés. Je tirai sur le drap, elle tira plus fort. Je faillis tout arracher. Comme si moi je savais dormir à deux, cocotte, je ne compte pas les fois où ma sœur a des cauchemars et se hisse affolée dans mon lit, griffe, mord, gémit. Je tirai de nouveau sans succès. Deux naufragés. Elle était sur une île au bout du monde, moi aux antipodes. Entre nous je ne sais quel néant d'indifférence ou quelle allumette refroidie. J'étais nu, excepté mon slip, un boxer vert armée. Ma mère me les achetait par cinq au Soldat laboureur, le plus avantageux des petits grands magasins, aujourd'hui démoli, à Denfert-Rochereau.

– Qu'est-ce que tu fais ?

– Sans faire exprès j'ai voulu t'embrasser.

Je n'eus pas plus tôt refermé les yeux que je vis Cathy se hisser dans mon lit désert. Elle griffait, mordait, gémissait, tombait sur le sol en se débattant, se heurtait aux angles durs des objets dans la pièce, hurlait mon nom si fort qu'il brisait les vitres et partait me chercher à travers la ville, audible pour moi seul, où que je fusse. Un hurlement à la mort, il me glaçait les sangs.

– Je veux pouvoir m'absenter l'esprit tranquille, p'tit vieux, tu ne recommenceras plus ?

– Non papa.

– Tu es responsable de Cathy. Et tu l'es doublement aujourd'hui que votre chère maman n'est plus là pour me soutenir. C'est bien clair ?

– Oui papa.

– Je sais.

Il me posa la main sur la tête, écarta les doigts.

– Tu as les cheveux trop longs, ça fait poisse. Tu iras chez le coiffeur aujourd'hui. Très court, je lui téléphonerai d'abord. Et tu emmèneras Cathy avec toi.

– Bien papa.

– J'ai des affaires prêtes à la teinturerie, vous passerez les prendre. Et tu voudras bien cirer mes chaussures.

– Oui papa.

De sa grande main sèche il englobait mon crâne, j'avais l'impression qu'il le soupesait, qu'il hésitait à serrer. De cette main il soupesait dans les sables d'Afrique des ossements anciens de plusieurs millions d'années, et ses yeux se mouillaient à l'idée que ces vestiges avaient été le noyau d'une chair vive, le squelette articulé d'un être pas moins humain qu'il ne l'était, pas moins tendu vers ce Dieu de bonté qui se disait pain et vin, et quelquefois sang pour se faire aimer.

– J'ai beaucoup de peine… Comme si ça n'était pas assez dur pour moi d'être seul.

De la paume il repoussa ma tête en arrière, me laissant la chaleur d'une petite tape humiliante en travers du front. Il me regardait l'air plus étonné qu'indigné. Il avait les yeux d'un bleu brumeux et velouté comme s'ils réfléchissaient l'horizon, comme si là-bas était sa destination, le rendez-vous avec Dieu, l'homme qu'il préférait au monde, le plus humain d'après lui. Quand il me regardait c'était pour me punir, pour que j'aie froid, et j'en grelottais.

Mon père hocha la tête.

– Tu prétends que la voiture de Tim est tombée en panne et que vous avez dormi sur les sièges. Tu peux le jurer ?

– Juré !

– Sur ta chère maman ?

– Juré.

Il eut un sourire en lame de couteau.

– Sur ta mère qui a tant souffert avant de mourir, tu jures que tu étais avec Tim cette nuit, dans une voiture en panne, entre Versailles et Dreux ?

– La Pontiac de Tim, juré ! Nous avons failli cramer. Les pompiers sont venus.

– C'est la vérité ?

– Oui papa.

– Tim est aussi menteur que toi, soupira-t-il. Vous vous êtes trouvés, tous les deux ! Vous ne pensez qu'à jouir de la vie. La vérité ? Quand elle vous sort de ta bouche, c'est de la merde de poule et tu le sais.

Je restai coi.

– Oui papa ? fit-il.

– Oui papa.

A mon retour je l'avais trouvé bivouaquant dans la bergère de l'entrée, en pyjama lui aussi, bien peigné, son vieil imper mastic sur les épaules en guise de robe de chambre. Devant ma stupeur il s'était excusé d'être là, chez lui, de jouer les trouble-fête en cette heure indue, ironie glacée d'un homme urbain jusqu'au bout des ongles, et spécialement quand il s'apprêtait à vous laminer. Il arrivait du Québec, avec un peu d'avance il est vrai, il repartait cet après-midi pour une tournée de vingt-neuf jours en Afrique. Il se serait bien passé d'une telle expédition, mais il avait besoin d'argent, les vacances, la vie, le deuil, pas une larme qui ne soit facturée, jusqu'au dernier battement de cœur qui vous envoie sous les pissenlits. Compter sur son fils unique à cette occasion ne lui semblait pas un outrage au bon sens familial. Ainsi parlait-il. Après quoi le ton s'était durci.

– Tu es d'accord ?

– Oui papa.

– Je vais devoir prendre vingt-neuf fois l'avion.

J'avais la hantise des accidents, il le savait. Sur vingt-neuf avions, il y en aurait au moins un qui s'écraserait. C'était mathématique pour moi : vingt-neuf avions, vingt-neuf moteurs, vingt-neuf trains d'atterrissage, vingt-neuf réservoirs bourrés d'essence et je ne sais pas combien d'hélices et de boulons mal serrés, et toute cette ferraille, ces machins survolant le désert sans avarie, se posant à bon port, tout ça ramenant mon père en bon état sur le palier du 3e face, 5 boulevard Delessert ? Pour moi, mon père était un homme mort, Cathy et moi des orphelins à part entière.

A sa décharge, en rentrant, il avait trouvé la porte ouverte et la maison vide, apparemment, de ses occupants. Toutes les lampes de toutes les pièces étaient allumées et ma sœur, assommée de Salgydal, dormait dans le lit de maman, les yeux écarquillés.

– Je t'interdis de sortir le soir. Je téléphonerai pour m'assurer que tu es bien à la maison. Si jamais tu désobéis, ce sera la dernière fois. Ce ne sera plus la peine de revenir ici ni de compter sur moi. Maintenant *raus*, p'tit vieux, hors de ma vue.

Il me fit une bise au front.

6.

Ravenkel était un fermier suédois beau comme un lac de forêt. Il avait une fille, un fils, et un pur-sang noir qu'il aimait jalousement. Personne ne devait l'approcher sous peine de mort. Un jour que son père avait dû s'absenter, le fils emmena l'étalon galoper dans les bois. Le lendemain il mentit, jura sur sa défunte mère et finalement reconnut son crime. Fils, lui dit Ravenkel, désormais l'étalon t'appartient. Va le chercher à l'enclos et ramène aussi ta sœur. Dans la cour de la ferme il fit mettre son fils à genoux devant l'étalon, à genoux et nu. Il jucha la gamine sur l'animal en disant : Fille, ouvre grand les oreilles, on ne me désobéit pas deux fois. Saisissant alors sa hache plantée dans un billot, sa grande hache qui luisait au soleil du soir, il fendit le crâne du cheval dont le sang recouvrit le corps tremblant du menteur.

Mon père me racontait cette histoire au lit, quand j'étais enfant. Il avait roulé sa bosse dans les régions scandinaves, plus jeune, et connaissait une ribambelle de fables sanguinolentes au bord des fjords ou des grands lacs gelés. J'y pensais en m'endormant, je voyais la scène, la fumée des respirations dans l'air glacial du soir, le sang ruisseler entre les yeux du cheval. Je me demandais si l'histoire s'arrêtait vraiment là, si

Ravenkel, ivre de rage, s'était contenté d'abattre l'étalon noir, s'il n'avait pas tué sa fille et son fils, tous trois unis par la trahison. Et comment savoir si l'épouse, autrefois, n'avait pas elle aussi désobéi. Dans mon sommeil, Ravenkel avait les yeux bleus, bleu métal, bleu tranchant comme s'ils réfléchissaient l'horizon. On ne pouvait le regarder sans avoir peur et vouloir lui désobéir, sans vouloir le tuer.

Je revis Alba le soir suivant. Je la revis tous les soirs de la semaine, jusqu'au vendredi. Je connus la gamme entière de ses pyjamas. Nous avions toujours aussi peu d'affinités. Aucun geste amoureux ne traduisait l'attirance partagée. Y avait-il attirance, d'ailleurs, de sa part? Elle me disait oui, elle me demandait d'être patient, un jour elle m'expliquerait. Je cherchais à l'embrasser, elle me demandait pourquoi en baissant la tête et je ravalais ma salive. Nous dînions, nous regardions distraitement la télévision, nous dormions, pas davantage, bonsoir. Alba dormait : j'épiais le sommeil d'Alba, je ne voulais pas manquer l'instant où elle viendrait à moi. Le moindre contact la crispait. Je mettais ça au compte d'un subconscient traumatisé. Chaque nuit, dans un rêve, elle prenait la parole avec une voix d'enfant qui crie. Elle était née sur le bord de la route, la voiture brûlait, il avait fallu des crics et l'un des pompiers était un héros, il avait mis les grenouilles en fuite.

Le réveil sonnait à sept heures, elle partait au boulot, je rentrais roupiller à la maison. Alba m'appelait vers midi. Nos conversations étaient presque plus intimes que les nuits. Elle me racontait sa vie, ses prises de sang loupées, elle parlait de moi à ses amis, à sa famille.

J'étais invité à déjeuner chez son père le dimanche suivant. Je trouvais qu'elle allait un peu vite en besogne, mais c'était la preuve qu'elle souhaitait la continuité d'une relation momentanément platonique. Elle ne raccrochait jamais sans me remercier d'avoir pris soin d'elle au cours de la nuit. Rien d'extraordinaire en fait, ni de très flatteur pour moi, je la rassurais dans son mauvais sommeil, je lui parlais à l'oreille, elle était juste assez consciente pour s'en apercevoir, et d'ailleurs pas toujours. Tu es si patient, Marc.

Une nuit, je me risquai à lui poser des questions privées. Est-ce qu'elle avait un petit ami ? La réponse fut non, sans hésiter, et même bien sûr que non, comme s'il eut été choquant d'en avoir un. Et moi ? Toi oui, dit-elle, toi bien sûr. On s'embrassera, un jour ? Bien sûr. On fera l'amour ? Elle eut un rire clair et je crus un instant qu'elle s'était réveillée, puis elle inspira profondément. Elle n'avait jamais fait l'amour, jamais, à vingt ans. Elle était une infirmière atypique, oui, pour ces choses-là. Elle espérait que ça changerait avec le temps. Domi lui disait d'être patiente. Domi lui disait… Elle se tut et parut se replier dans son inconscient. Qui est Domi, Alba ? Un être à part, d'une patience infinie. Domi lui disait que l'instinct la guidait sans même qu'elle s'en rendît compte, et qu'elle était sur le point d'y arriver.

– A quoi ?

– Laisse-moi dormir.

Domi trouvait les mots.

C'était grâce à lui qu'ils étaient tombés sur l'explication du problème qui la tourmentait. Quel problème, Alba ? Ne fais pas attention, n'oublie pas que je dors à moitié, tu es si patient.

– Quel problème, Alba ?

– Tu m'as réveillée, idiot.

Lorsqu'elle faisait ses cauchemars avec les grenouilles, elle venait à moi. Elle se blottissait. Elle calait un front têtu contre mon épaule et disait : Elles sont là. Je répondais : Elles vont partir, ne leur prête aucune attention. Elles ne t'ont jamais fait mal. Je respirais une odeur de pain chaud. Elle disait : Elles n'ont jamais eu les yeux si grands. Je répondais : C'est une illusion d'optique, Alba, les grenouilles ont de petits yeux, imagine la lune étalée sur l'horizon géant des westerns, en fait elle est minuscule, ce n'est qu'un dé à coudre, pareil pour les grenouilles. Je n'osais pas bouger, mon phallus dressé repoussait la couverture à quelques centimètres de sa main. Je cherchais à prolonger ces moments, je faisais mon Domi. Quand sont-elles venues pour la première fois ? Quand je suis née, la voiture brûlait à côté d'un ruisseau que franchissait la nationale. Il y avait des grenouilles partout, les pompiers les écrasaient sous leurs bottes, un bruit répugnant… Sans prévenir elle retournait sur son île et je restais seul avec mes grenouilles à moi, mes batraciens abjects, mes rêves de lubricité jamais assouvis, nos deux corps bestialement soudés par le rut en un bloc ruisselant d'abandon charnel où je finissais par jouir, expirer au-delà du sommeil, anesthésié, châtré, mort. Fuite, évidemment, tentative orgiaque pour échapper à l'assaut du deuil par tout mon sang. Une aussi jolie fille, d'aussi longues nuits. Mais nom de Dieu, entre ses grenouilles stupides et moi, entre sa naissance catastrophique et l'amour, elle attendait quoi ? Qu'est-ce que j'en avais à fiche, d'être patient ? TU ES SI PUISSANT… Je voulais entendre ces mots de la bouche d'Alba. Tim les aurait entendus, à ma place, depuis longtemps. Il n'aurait pas fait un crochet par la case patience – rigolade, foutaises de mijaurées. Tim était direct en amour, les filles aimaient ça, l'impatience et la goujaterie lui réussissaient mieux que toutes les douceurs dont j'entourais mes approches. Il avait l'air trouble et les filles comprenaient où il voulait en venir, elles y venaient aussi. Ma sœur elle-même était venue.

Le matin, oubliant quelle infirmière atypique elle était, Alba déambulait en pyjama, exhibait les plus mignons des sous-vêtements, se demandant bien lesquels choisir, ceignait la plus sexy des mini-jupes.

– Tu me rends tellement heureuse, disait-elle avant de partir, les yeux embués.

La réponse allait de soi :

– Moi aussi.

Elle me plantait un baiser au coin des lèvres et filait.

Je la rendais heureuse, elle me rendait heureux, nous nous rendions heureux. Ce n'est pas du tout l'idée que je me faisais du bonheur au lit, avec une fille comme Alba. J'en venais presque à regretter ma planque derrière les géraniums.

J'avais les nerfs à vif en arrivant chez moi. Cathy m'attendait à la porte. Elle m'informait silencieusement qu'elle dépérissait par ma faute et chaque jour marquait un progrès sur cette pente. Elle ne se lavait plus, maigrissait. Nous étions deux ennemis jurés sous le même toit. Qu'elle me parle d'Alba, je lui parlais de Tim. Qu'elle se plaigne à papa de mes fugues systématiques après ses appels du soir, je parlais de Tim à papa, de leur liaison. Qu'elle me fasse un reproche et je déballais sa vie privée. Elle se vengeait par un comportement d'épouse négligée, me suivait comme un toutou morveux jusqu'à la porte des cabinets. A d'autres moments elle brillait par son absence et je devais partir à sa recherche à travers la maison. Le plus souvent je la retrouvais sur mes talons.

Quand Alba me parlait d'elle, je décrivais une relation magique entre frère et sœur, la légende dorée d'une petite miro sur son astéroïde éteint, relié par une ficelle incassable au poignet d'un grand frère qui l'emmenait partout avec lui. Mais au cœur de la nuit la ficelle se brisait, l'astéroïde se faisait happer dans un trou noir et j'imaginais ma sœur en perdition, là-bas, seule à l'appartement. Elle quittait sa chambre. Elle hésitait à l'entrée du couloir. Elle m'appelait, elle disait : Je sais que tu es là, s'il te plaît réponds-moi. Elle errait d'une pièce à l'autre, elle m'appelait toujours, elle errait comme une folle, elle retournait les tiroirs, elle ouvrait les fenêtres, elle allumait les brûleurs de la gazinière pour me faire venir, elle répétait sans fin : Je sais que tu es là, elle murmurait, gémissait, hurlait.

Ce matin-là, au téléphone, Alba m'annonça qu'elle devait me parler.

– Je t'écoute...

– Tu m'écouteras mieux ce soir, je suis plus à l'aise dans l'obscurité.

Elle retint son souffle avant d'ajouter :

– Tu fais l'amour les yeux fermés ?

– Je n'en sais rien, pourquoi ?

– Tu verras.

Je ressentis un immense soulagement. Nous y étions enfin. L'amour les yeux fermés, les yeux ouverts, kif-kif, du moment que nous faisions l'amour. J'étais payé de toutes mes insomnies. J'allais jouir entre les cuisses de cette merveille. Le soir, il ne fut question de rien, nous dînâmes en vitesse, elle était fatiguée, bâillante.

Sitôt couchée, elle s'enroula dans la couverture et disparut tournée vers le mur. Même pas bonsoir. Aucune allusion à sa promesse du matin. Bien la peine d'avoir caché des préservatifs sous le matelas. Je sombrais, la rage au cœur, quand ces mots flottèrent dans l'obscurité !

– Je suis vierge…

J'étais au courant si l'on veut. Mais dit en toute conscience et de cette voix enfantine, l'aveu me bouleversa.

– Moi non.

– Moi si.

Un frisson de désir me parcourut, je me sentis une audace d'étalon. Alba restait silencieuse, je n'osais plus respirer. J'avais peur qu'elle se rendormît. Elle s'allongea sur le dos et me toucha la main.

– Caresse-moi, dit-elle.

Je fus déconcerté. Avais-je bien compris ? Quel sens donnait-elle à ces mots ? La caresser ? Pour moi l'amour commençait forcément par un baiser, par des baisers, par cette faim jamais rassasiée des bouches se mangeant l'une l'autre. Alba guida ma main sur elle et j'entendis sa respiration s'accélérer. Après quelques minutes, elle me repoussa.

– Tu me fais mal.

– Désolé.

– C'est moi.

Elle repartit sur le côté. J'étais si paumé dans ma caresse inachevée que je montai faire un tour au ciel, voir ma mère. Je n'y étais pas allé depuis un moment. J'eus l'impression qu'elle m'en voulait ou commençait à m'oublier. Comme tu as changé, Marc, où est Cathy s'il te plaît ?

La voix rêveuse d'Alba me ramena sur terre.

– Tu n'y es pour rien.
– J'avais fermé les yeux.
– Ouvre-les la prochaine fois.

J'étais désespéré. Je l'avais caressée. Je promenais le bout de mes doigts sur mes narines. Cette odeur m'appartenait, je voulais la respirer toute ma vie, que jamais elle ne se dissipât, ne fût respirée par un autre, j'en serais mort. Je l'avais caressée, mais je ne l'avais pas aimée.

– A quoi tu penses ?
– A t'embrasser.
– C'est fichu pour ce soir, mon ami, soupira-t-elle d'une voix malheureuse, et je compris qu'elle en avait gros sur le cœur elle aussi.
– Je t'aimerai toujours, fis-je avec une bouffée d'adoration, le sexe douloureux. Et même j'en suis sûr.

J'eus besoin de mettre des mots sur le plus indicible des élans, cette harmonie spontanée des esprits et des peaux, moi qui n'y entendais rien, moi qui cherchais juste à tromper la mort de ma mère avec du plaisir. Elle était la femme de ma vie, nous aurions des enfants, une cabane au Canada, un grand voilier sur les flots bleus, un hamac entre deux cocotiers, une boîte à grains de riz pour chaque fois où l'un tromperait l'autre, et quand nous mourrions dans quelque mille ans la boîte serait vide... Je parlai bien cinq minutes, exalté, emphatique, turgescent, après quoi j'estimai qu'elle n'avait plus qu'à me tomber dans les bras, pâmée, et se laisser besogner par le mâle en chaleur.

Je l'entendis bâiller.

– Ce n'est pas si simple, à mon avis...

Elle me fit part du trouble dont elle souffrait, fatal à sa vie amoureuse depuis tant d'années.

– Quel genre de trouble ?

– C’est un peu délicat. Si je te le dis tu partiras.

– Jamais.

– Ne va pas non plus te faire des idées, je suis tout ce qu’il y a de normal. Je suis normale, sauf que…

– Sauf qu’il y a les grenouilles.

Elle eut son joli rire d’enfant.

– J’ai toujours aimé les animaux.

Il n’y avait pas que les grenouilles dans sa vie. Petite, elle avait eu un élevage de têtards dans une bouteille d’Évian. Et dans les cabinets d’un camping-car elle avait caché des huîtres au fond d’un seau. Une autre fois, c’était des moules, une autre fois des escargots. Elle avait tanné son père pour avoir un éléphant de mer dans la baignoire, le plus fidèle des mammifères avec la vache et le lamantin.

– Tu dis n’importe quoi.

– Oui et non.

– Et le trouble ?

– Il n’a rien à voir avec les grenouilles ni les animaux, rassure-toi.

D’après les spécialistes il n’existait aucun remède à cette anomalie. Elle avait vu des psychiatres, des voyants, des mages africains. Quelle humiliation, chaque fois, quelle mise à nu. Elle n’osait plus se confier à ses copines pour qui tout ça marchait comme sur des roulettes. Par chance, elle avait fait la connaissance de ce type, récemment, Dominique. On l’appelait Do ou Domi.

A ce nom je fus sur la défensive. Elle m’avait bien dit n’avoir personne, aucun petit ami et il revenait constamment sur le tapis.

– C’est ton amoureux ?

Je trouvai qu’elle était bien longue à répondre.

– Trop viril, trop beau. On parle beaucoup. D'après lui ce n'est pas directement fonctionnel.

– Fonctionnel ?

– Gynéco.

A peine si je connaissais le mot. Dans l'ombre se dessinait le profil obscur d'Alba, le nez, la bouche, les seins, le flou des couvertures où se cachaient les trésors de sa virginité.

– Il dit que je suis sur le point d'y arriver.

– Mais à quoi ? Arriver à quoi ? Qu'est-ce que tu as ?

Elle soupira :

– J'aurais juré que tu avais compris.

– Je ne suis pas devin.

– J'espérais. Je veux que tu sois devin.

Mon cœur battit. Arriver à quoi ? A quoi une fille est-elle censée parvenir dont un brave ami lui parle avec un si grand naturel. Pourquoi se confiait-elle à cet ami viril de préférence à moi ?

– Qu'est-ce qu'il en sait ton Domi ? Vous avez couché ensemble ?

– Ne sois pas vulgaire. Domi n'est jamais vulgaire… Pour lui c'est mental, il m'aide beaucoup.

J'allais demander ce qu'elle entendait par là quand elle déclara qu'elle en avait trop dit, ça ne servait à rien et ça risquait de m'éloigner d'elle ce qui la désolerait, vu nos relations. Puis elle me planta dans les nerfs cette petite phrase de rien du tout :

– J'ai rendez-vous avec lui, demain soir, après ça ira mieux.

– Vous avez rendez-vous, fis-je stupidement. Eh bien on n'a qu'à se retrouver ensuite.

– J'ai déjà repoussé plusieurs fois, je ne sais plus quoi inventer. J'ai dit oui pour ne pas le vexer.

– Où ça ?

– Chez lui, au port de Javel, sur la péniche, ce sera la dernière fois. Je ne sais pas trop à quelle heure je rentrerai. On se verra dimanche, nous deux, tu n'as pas oublié qu'on déjeunait chez papa ?

Elle se rendormit et j'eus beau la questionner elle ne se réveilla plus.

C'était qui ce Do, ce connard qui lui voulait du bien, ce bellâtre pour femmes à problèmes, avec sa péniche où il recevait la nuit ?... J'étais effondré, terrassé par le sentiment du temps qui passe à travers nous sans dessiner aucune solution. J'étais amoureux d'Alba, mordu à crever, et je savais ce qu'il en coûtait d'aimer quelqu'un susceptible un beau jour de n'être plus là. J'allais souffrir à cause d'elle, la femme de ma vie, la souffrance de ma vie. Je fermai les yeux, les rouvris, les refermai, je faisais l'amour, elle entrait dans sa cuisine en slip rouge, en pyjama vert, en débardeur noir, le ventre nu... Caresse-moi, disait-elle en se tournant vers la nuit, ça ne se refuse pas. J'étais sur le point d'y arriver, j'y suis arrivée, grâce à toi. La caresse demandée s'accomplit sur ma peau. Cet élan vers l'amour s'appelle solitude, il paraît. Volupté du pauvre.

7.

J'avais dormi toute la journée sur le canapé du salon, ma sœur m'avait réveillé. Elle était sortie. Elle avait fait des emplettes chez le traiteur chinois qui venait d'ouvrir dans l'ancienne laverie. Je n'avais jamais vu autant de victuailles, de plats différents. Encore eût-il fallu que j'aie faim.

– Il y a une boum chez Marjorie, ce soir, on y va?

– On verra bien.

Cathy est régulièrement invitée à des soirées. Elle attend le dernier moment pour décider si ça lui fait plaisir ou non. Elle palabre, elle annonce qu'elle va se coucher, elle se couche, elle s'endort, elle se réveille et vient me secouer dans mon lit. Je l'aide à choisir sa tenue, à se maquiller, on part, elle me dit : tu ne me quitteras pas des yeux, tu ne me laisseras pas seule une seconde, elle se cramponne à moi, on est presque arrivés, à la dernière seconde elle me dit qu'on va au rétro-dancing du Palais des glaces où elle ne connaît personne, où elle peut ne danser qu'avec moi si ça lui chante.

– Tu es sûr que tu ne sors pas?

– Je reste avec toi, sœurette.

– Et cette nuit?

– Je serai là.

– Et demain soir?

– Chaque chose en son temps. Je vais peut-être sortir avec Tim.

Dominique, Domi, Do… Toute une journée à mâchouiller ces trois syllabes fétides. A raturcr le portrait-robot du copain qu'elles désignaient – blond, petit, râblé, les yeux bleus, mais aussi bien grand, brun, les mains charnues, un regard crépusculaire entre chien et loup, mais aussi bien roux, paranoïde, vicelard, enjôleur, les mains moites, des yeux mélangeant passion et duplicité. Elle le trouvait beau, viril ? Je demandais à voir. Elles ont de ces goûts. D'ailleurs en quoi ces deux qualités, plutôt sympathiques, vous font-elles d'un homme un simple copain, pas davantage, surtout pas ?

Alba m'avait téléphoné dans la matinée, un appel sans aucun intérêt pour me donner l'adresse de son père à Montrouge. C'était loin, Montrouge, à perpète, entre-temps elle aurait dîné avec son Domi. Ils auraient beaucoup parlé d'elle, de sa mystérieuse anomalie gynécologique, de ses progrès, de sa guérison, ils auraient beaucoup bu, beaucoup ri, ils auraient fêté ça, donné un coup de canif au copinage, le temps d'un soir. Il eût été si facile, si jouissif de dire non, d'invoquer l'amour naissant. Moi j'aurais annulé n'importe qui pour être avec elle, écouter chantonner ses grenouilles, la caresser, retrouver son odeur sur mes doigts, la couvrir de baisers.

– Tu es toujours là ?

– Oui.

– Où ça ?

– Près du piano.

– Joue pour voir.

D'un doigt nerveux je tapotai sur le Beckstein *Je commence*, de la Méthode rose, do mi mi, parfaitement. Puis, j'allai à la fenêtre, là-même où mon père m'avait serré la main deux mois plus tôt, quand la clinique avait appelé pour maman. Le jour tirait à sa fin. Il restait encore bien des heures de soleil à l'ouest, la Seine brillait à perte de vue, se déhanchait en méandres alanguis vers Saint-Cloud. Un peu tôt pour le rendez-vous sur la péniche, mais facile d'imaginer la scène. Elle descend du bus, elle est en avance, elle prend vers les quais. Elle a des crampes d'estomac. Ce n'est pas un soir comme les autres. Tant de choses arrivent en même temps. Lui, moi. L'ami, l'amour. La guérison. Elle est sur le point d'y arriver. Mais de quoi parle-t-elle ? Ce n'est pas gynéco, c'est mental. Ce n'est pas organique, c'est mental. Ça se passe là où la femme est la plus ineffable, la source même du désir, le fief de l'instinct. Elle veut y arriver, quitte à me trahir, à faire de son ami son amour, et moi c'est fini, une loque, elle n'en sait rien encore, elle a peur. Elle se hâte, elle retarde le moment fatal du rendez-vous. Elle est venue pour se rendre et si j'y étais, sur la péniche, pieds nus, les mains bronzées, c'est à moi qu'elle se rendrait ce soir et qu'elle offrirait sa plénitude amoureuse, à moi qu'elle dévoilerait sa vérité jamais formulée. Elle s'arrête et regarde l'eau filante, l'eau qui console et guérit. L'eau, son plus douloureux secret. Elle me voit déjà comme un adieu.

– Tu parles à qui ?

– Je ne parle pas.

– Si, tu parles. Il y a quelqu'un avec toi ? Qui ça ?

– Fous-moi la paix, je ne parle pas.

– Tu parles tout seul, t'es comme les vieux.

– Je suis vieux et j'aime ça, d'accord ? Et je n'ai pas l'intention d'en rester là.

Et je n'en reste pas là. C'était déjà pareil, derrière les géraniums, quand elle entrait en pyjama dans sa cuisine et que moi je la voyais nue dans son bain. Cette fois elle y est, devant la péniche, il l'attend. Elle monte à bord, ils s'embrassent. Copain copine. Un ami s'en tient au baiser sur la joue, il ne commence pas à vous enlacer, à vous trouver adorable avec ce tee-shirt noir un peu grand et cette mini-jupe. Oui, mais un ami sincère n'invite pas une fille seule à dîner sur une péniche. Ça veut dire quoi, cette invitation ? Qu'est-ce qu'on peut bien faire sur une péniche, la nuit ? Ça va cinq minutes, les gambas, le vin rosé, les yeux brillants, le flamenco, les bougies… Soudain j'eus la vision de corps enchevêtrés, haletants, dans la literie chamboulée d'une alcôve éclairée par un fanal.

– Tu ne dînes pas ?

– Commence, j'arrive.

– J'ai fini.

Elle s'était vraiment donnée du mal, et je n'avais pas effleuré son plateau. Champignons noirs, pâtés impériaux, crabe, omelette, beignets dégoulinants, tout le tralala de mes chinoiseries préférées. Impossible d'avaler une bouchée. Je me levais, me rasseyais, m'affalais sur le canapé, partais à la fenêtre regarder la Seine, les quais, la lumière dorée du soir, les cuisses nues d'Alba.

– Grand-mère a téléphoné, dit Cathy. On va déjeuner dimanche à Raspail. Elle fait un gigot.

– Ce dimanche-là ?

– Si tu es pris tu l'appelles, et d'ailleurs moi aussi j'aimerais le savoir, pour m'organiser.

Tu n'as rien à organiser, menteuse, tu es un poids mort et tu ne sauras rien.

– On ira pour le gigot, et je l'appellerai pour qu'elle mette un maximum d'ail.

– Et moi je l'appellerai pour qu'elle n'en mette pas.

– Tu sais, sœurette, ce n'est pas une petite gousse d'ail qui ferait fuir ce gros porc de Tim.

Elle resta un instant silencieuse et gloussa :

– Au fait, avec Alba, vous vous embrassez ? En tant qu'infirmière, elle ne connaît pas un truc contre la mauvaise haleine ? Ça, moi, je ne pourrais jamais. C'est vrai, profites-en pour te faire soigner. Tu es où ?

– A la fenêtre.

– Tu vois quoi ?

– L'eau, les quais, les ponts, les rails, les wagons sur les rails, les façades et les reflets sur les carreaux, la routine.

Elle m'avait démoli. Je ne voyais rien du tout. Je regardais Alba marcher au bord de l'eau, j'attendais qu'elle me regarde aussi.

– Et elle, tu la vois ?

Je fis volte-face, j'éclatai :

– Et toi, pétasse, tu me vois ? Je te parle, Cathy, tu me vois ? Je ressemble à quoi, tu peux le dire ? Tu ressembles à quoi, toi ? Tu l'as déjà vue, ta photo ? T'es jolie ? T'es moche ? T'es bien coiffée ? T'as le nez en trompette ? Les taches de gras sur ta chemise de nuit, tu les vois ? C'est de la morve ou de la sauce de canard que tu as sur le pif ?

Elle tremblait enfoncée dans les coussins du canapé, jambes repliées sous elle, perdue, les yeux larmoyants. Elle ne pleurait pas. Elle imitait son grand-père. Elle estimait que la vie lui avait déjà volé toutes ses larmes, et qu'il n'en restait plus une seule à verser.

– Ton journal intime, ton livre d'or, c'en est où ?

– Qu'est-ce que ça peut te faire ?

– Ce n'est pas qu'il est caché, c'est du vent.

– C'est toi qui l'as volé.

– Il n'existe pas.
– Voleur, tu l'as volé.

Elle pleurait bel et bien cette fois. Je suis allé l'embrasser, une seule fois, sur sa joue trempée. Puis j'ai repris mon poste à la fenêtre. Encore heureux qu'elle fût aveugle. Voyante, elle aurait aussitôt compris à quel point sa présence m'insupportait.

– Il faut vraiment qu'elle te manque, fit-elle à voix basse, pour que tu sois aussi méchant.

– Qui ça ? Maman ? Elle me manque, oui si l'on veut. Pas tellement d'ailleurs. Et même pas du tout. J'y pense de moins en moins. Au début, je croyais que je ne m'en remettrais jamais, que le temps s'arrêtait pour toujours, qu'il fallait ameuter tous les passants. Et puis tu vois, je n'y pense plus, c'est comme un rêve, ça s'oublie. Et toi ?

Elle ne répondit pas. Elle avança la main vers le plateau. Elle tâtonna vers la bouteille d'alcool de riz, tâtonna d'une barquette à l'autre, cherchant le petit godet siffleur, puis le remplit sans qu'il débordât. Je faillis m'approcher pour voir la femme nue sourire au fond du godet, à travers la loupe. C'était la troisième fois qu'il sifflait, ululait comme au temps des locomotives à vapeur. Cathy buvait à la cosaque, d'un trait. Elle voulait m'inquiéter. Mon problème, c'était qu'elle vomisse et que je doive nettoyer.

– Il y a du cognac, si tu veux, c'est moins nocif.
– Je boirais de la mort-aux-rats, ça t'arrangerait.
– Sympa pour le cognac !

Et je m'empressai d'enchaîner :

– Il n'y en a qu'un qui ne manque jamais. Celui-là, plus il est loin… Au fait, il n'a pas appelé ?
– Jamais avant minuit, il te connaît.

– Peut-être bien qu'il est mort, lui aussi. Qu'un avion s'est rétamé… Qu'est-ce que je vais faire de toi, t'as une idée ?

Elle me cherchait des yeux, du nez. A sa manière elle me foudroyait du regard. C'était une pose, un truc, c'était moi qui le lui avais appris. Des heures de boulot, de recommencement, de larmes et désolation.

– Tu n'as qu'à m'acheter un chien, je te l'ai déjà dit.

– Samu, je sais. Uniquement si papa est mort.

Elle baissa les yeux. Ça aussi je le lui avais appris.

– Je ne parlais pas de maman mais d'Alba, tout à l'heure. Comment tu as fait pour te débarrasser d'elle ?

– C'est elle qui n'était pas libre. Une sortie avec des collègues du dispensaire.

– Ça veut dire qu'elle a un autre amoureux.

– Rien à foutre, c'est juste une copine.

Il y avait des chalands amarrés en contrebas, sous le métro aérien. Avec les beaux jours, les Hollandais rappliquaient par les canaux. Une péniche isolée brillait comme un scarabée. Un homme torse nu se dorait sur le pont. On n'attendait plus qu'Alba. La folie d'aimer une fille aussi court vêtue quand on est en deuil.

– Tu m'as l'air dans un drôle d'état, dit Cathy.

– Chacun est comme il est, toi tu as doublé de volume.

– J'ai maigri, pauvre naze !

– Je vois ce que je vois, ce n'est pas comme toi. Tu ne serais pas enceinte, encore une fois ?… Tim ferait un excellent parrain, penses-y.

Je me retournai, elle avait disparu. Ni chaud ni froid. Je n'avais rien dit qui mérite un suicide, un lavage d'estomac quelconque ou des veines sectionnées. C'est elle qui m'avait cherché toute la semaine avec ses perfidies. Elle m'avait trouvé, bien fait. Et qu'on ne me raconte plus d'histoires avec ce merveilleux amour fraternel que nous avions toujours filé, ma sœur et moi. C'est vrai qu'elle était mon ombre, ou moi la sienne, et qu'elle avait jeûné deux mois durant quand on m'avait placé chez les Jésuites, avant la mort de maman, et je dis bien *placé*, car pour mon père il s'agissait moins d'un geste éducatif que d'une expulsion hors de sa vue. C'est vrai qu'on se marrait bien, tous les deux, et qu'on se foutait du monde avec une candeur désarmante, mais on se foutait sur la gueule avec une candeur sans limites, et parfois Cathy, vexée à mort pour une broutille, massacrait sa robe ou se griffait la gueule à se déchirer les paupières en me suppliant d'arrêter, pitié, pour que mon père, homme doux, violent, émotif et charmeur, me tape dessus.

La nuit vint, beurrant d'éclats dorés le métal noir de la Seine endormie. Le port de Javel était à trois ponts d'ici, Bir-Hakeim, Grenelle, Mirabeau, le fleuve s'incurvait en douceur et l'on y était. Un monde silencieux, désert. Je chuchotai : Alba, la bouche au carreau. Puis comme ça, pour voir, je chuchotai : Maman… Aucune émotion. Elle ne me manquait pas, je l'avais bien dit. Inutile de monter au ciel voir une mère qui n'avait plus confiance en moi.

A minuit, quand mon père appela du Cameroun, à moins qu'il ne fût minuit et quart ou minuit vingt-cinq, j'avais mangé telles quelles, bien grasses et froides, mes chinoiseries préférées, et fait chanter le godet siffleur jusqu'à la dernière goutte d'alcool de riz. Tout ça dans l'obscurité naturelle d'un grand soir de juin, en ne cessant d'accorder à Paris la palme de la plus belle ville du monde. A la tienne, Paris. Que Berlin, Rome et Landerneau aillent se rhabiller. Rhabillez-vous Londres, Vienne, Venise et plus vite que ça. Et toi aussi, Alba, rhabille-toi, mon amour, mets ton pyjama d'or et viens finir la nuit sur mon canapé, viens conter fleurette à mes grenouilles.

Le coup de fil avec papa dura bien cinq minutes. Il avait dû pas mal écluser, lui aussi. Il était jovial, gentil, désolé d'appeler aussi tard et de réveiller la maisonnée, il s'arrangerait à l'avenir pour ne plus se laisser embringuer aussi longtemps, aussi loin, il s'en voulait de nous avoir laissés en plan, et c'est tout juste s'il ne disait pas que je lui manquais, mais le dire c'était bafouer son orgueil, il aurait fallu dire en plus qu'il m'aimait, qu'il nous aimait, Cathy et moi, ce qui l'aurait entraîné où il ne voulait pas aller, car pour mon père on aimait Dieu à voix haute, lui seul, et si l'on aimait ses enfants c'était englobé dans l'amour de Dieu. Il n'a pas dit qu'il m'aimait, c'est vrai, il m'a dit : sans rancune, p'tit vieux, et salue ton ami Tim de ma part. A l'avenir ne montez plus dans les voitures en mauvais état, et si possible évitez la nationale entre Paris et Dreux…

Après quoi rideau, le Cameroun, la nuit. Et moi les larmes aux yeux. Mon père m'avait parlé gentiment. Mon père m'avait dit p'tit vieux d'une voix qu'il n'avait jamais eue auparavant, si douce, enveloppante, attendrie. Il m'aurait serré sur son cœur et fait danser joue contre joue, je n'aurais pas été plus troublé. Je m'étais toujours demandé comment ma si jolie maman avait pu l'épouser, lui dire oui, lui donner sa main, ses nuits, des enfants. A présent j'avais la réponse. Il était parti seul au bout du monde et, d'une cabine téléphonique au milieu du désert, sous les étoiles, il avait appelé pendant qu'elle dormait. Et cette voix en plein sommeil, montant du désert, n'importe qui l'aurait épousée les yeux fermés.

Ayant fait à mon père la fleur de l'épouser, j'ai bu du cognac à la fenêtre et je me suis arsouillé, à la régalade, au goulot. La ville a fini par tituber, le tout-Paris des néons embrasés, de la Seine et des ponts couverts de loupiotes, des Tour Eiffel sur leurs ergots broutant la voie lactée, tout ça tournant, bringuebalant d'une péniche à l'autre, et dans cette pagaille on voyait ma mère à l'hôpital, on voyait Alba dans son alcôve, on voyait mon père et l'Océan derrière lui comme dans tous les souvenirs où il apparaît, comme s'il ne pouvait faire un pas vers moi, vers nous, sans d'abord sortir de l'eau en s'ébrouant. C'était bien d'avoir un père, finalement. C'était rassurant cette voix mélodieuse arrivant des ténèbres, ça donnait envie de l'entendre encore et toujours. J'ai ramassé le téléphone et composé le numéro d'urgence à Yaoundé, marqué au dos du boîtier. J'ai fini par avoir l'hôtel Astor puis mon père au bout du fil, mon vrai père, cette fois, pas un père de rêve ayant franchi l'Atlantique à la nage pour nous empiler sur son dos, ma sœur, moi, ma mère, et toute la smala des aïeux engendrés par Noé, patron des alcoolos.

Je me suis fait jeter comme il faut : l'heure, l'argent, la connerie, la méchanceté pure, la trouille qu'il avait eue :

– J'ai cru qu'il était arrivé une catastrophe, pauvre sagouin, mais tu es ivre ou quoi ?

Il était deux heures du matin. Pauvre sagouin, j'ai téléphoné chez Alba qui n'était toujours pas rentrée au nid. Vers trois heures elle n'y était pas davantage. A trois heures cinq j'enfourchais mon vélomoteur et filais au port de Javel.

On accédait au quai par une rampe pavée. J'ai coupé phare et moteur pour descendre la pente et garé mon engin contre un platane. Mon cœur battait. J'avais rendez-vous avec Alba mais elle n'en savait rien. J'étais si fébrile que j'ai failli hurler son nom. J'étais déjà venu par ici en footing. Il y avait un restaurant à flot, deux yachts blancs à cheminée, et, entre les yachts, tapie sur l'eau brillante, une péniche aux ancres noir olive. Pas une lumière, pas un bruit. Je me suis approché du bateau. Comme je l'avais imaginé, une passerelle de bois le reliait au quai, fermée par une tresse de cuir à mousqueton. Un écriteau pendait sous la tresse : A VENDRE. C'est vide, un bateau à vendre, c'est un peu malheureux, désappointé, ça ne reçoit pas une fille en mini-jupe à des heures indues. Voilà ce que j'ai pensé, pauvre sagouin. Et dans cet élan moral qui m'est naturel, j'ai commencé à m'en vouloir, à moi personnellement, de cette soirée loupée sur toute la ligne, y compris lorsque j'avais réveillé ce pauvre hôtel Astor au beau milieu du Cameroun. Pardon papa, ma petite sœur pardon, Alba pardon. Maman c'était déjà fait, pardon quand même. J'étais épuisé, d'un seul coup, prêt à dormir sur place. Je désirais que tout fût limpide et vrai. Ma pauvre Alba, tu es tombée sur un fieffé zigomar. Quel mal y a-t-il à voir ses copains ? Et l'amitié entre garçons et filles, alors, qu'est-ce qu'on en fait ? Elle ne ment pas, elle t'aime, elle te veut et toi tu lui casses les noix. Mais où était-elle à cette heure-ci ?...

C'est alors que la péniche a dû bouger insensiblement, car un reflet s'est étiré sur le cuivre du mousqueton. Railleur ce reflet, méchant, bien trop clinquant pour une vieille salope de péniche à vendre. Un pressentiment m'a tordu les boyaux. J'ai décroché le mousqueton, hésitant à monter sur le bateau. Puis à mes pieds, dans cette ombre massive plus noire que la nuit, cependant qu'un flot de musique douceâtre m'envahissait les tympans, un large hublot s'est allumé le temps qu'une main féminine jette une cigarette au-dehors. Durant un court moment, j'ai photographié pour toujours le décor d'une salle aux boiseries sombres, avec des rayonnages de livres anciens, une suspension garnie d'un abat-jour vert à franges, un lit à baldaquin sens dessus dessous où bougeaient des corps nus, et, debout, à poil devant une psyché, montrant ses fesses, un homme examinait une robe blanche accrochée à un cintre. C'était fini, le hublot s'est éteint, la musique envolée. Je me suis laissé tomber de tout mon long sur le quai, les yeux fermés, les mains plaquées sur les oreilles, et j'ai retenu mon souffle aussi longtemps que j'ai pu.

8.

De Tim à son pote Marco.

Mardi 5 juin 1970

Hé grosse pomme, on fait toujours la gueule ? On est un petit coq de frangin vexé que la frangine ne l'ait pas consulté avant d'aller au bois voir le loup ? On voulait se la garder sous la cloche à fromage, bien croûton, bien rance ? C'est-y ça qu'on voulait ? C'est râpé, grosse courge.

Écoute, vieux, je comprends que tu sois fâché pour ta sœur. En même temps je n'allais pas te tenir au courant minute par minute. Tu serais allé tout répéter à ta mère, et tu vois le bordel. Maintenant tu le sais, tu sais qu'elle m'a jeté, tu sais ce qu'il m'en coûte et je ne vis plus. Je t'écris pour autre chose. J'ai vidé mon sac sur le papier, et ça m'intéresserait d'avoir ton opinion. Pas sur le sac, mais sur le papier. C'est un peu intime, ce machin, comment l'appeler ? J'ai longtemps hésité à te l'envoyer. Après tout ça ne te regarde pas. Ça te regarde avec les yeux de qui tu sais, sans voir. Rien que pour ça, d'accord, j'irai déposer cette bouteille à la mer sur ton paillasson. Tâche de la trouver avant ta sœur, fais ça pour moi. Qu'elle ne la refile pas à une de ses petites lectrices à voix de crécelle, ou ça me reviendrait à la gueule accompagné d'un incendie. C'est une lettre, un appel au secours, une œuvre d'art, comme tu veux. Un torchon si tu préfères, un torche-cul. Ça dépend des moments. Je suis mauvais juge. Je t'en prie n'en parle à personne et déchire ces pages après les avoir lues. Et ne m'en reparle jamais. A moins qu'il y ait quelque chose à en tirer. On ne sait jamais, publié par un journal à fort tirage, ça peut rapporter gros. N'essaie pas de lire entre les lignes, pitié. C'est une fiction honnête, crois-moi, rien à voir avec nous, rien d'autobiographique, même si je me donne un coup de pouce avec des choses que j'ai vécues, des gens que j'ai fréquentés, que tu connais. En fait, c'est un conte chromatique, une fantaisie. Et tant mieux si nous sommes encore amis quand tu l'auras lu.

Trois amis

On est trois amis d'enfance. Moi c'est Tomi, lui c'est Polo, elle c'est Mira. Voilà pour les présentations. Brigadier : frappe les trois coups.

Elle se perd. Elle essaie d'aller plus loin, elle est opiniâtre. Elle ne vit pas, elle fuit dans la brume. Polo la tient en laisse. Il lui dit de ne plus bouger, d'avancer. La brume va se dissiper, lui dit-il. Les goélands vont passer, lui dit-il, rouges, verts, bleus. Pas par là, et il tire sur la laisse, il la remet dans le droit chemin. Il lui fait lever la tête, ouvrir grand les yeux, il la fait sourire avec les yeux. Elle sourit dans la brume qui ne se dissipe jamais. Et d'ailleurs qu'est-ce que c'est la brume ? Après tout c'est ça, la brume, qui la raccroche à tout ce qui n'est pas le bout de ses doigts ou de son nez. Un jour c'est la voix de Polo, un jour la voix de maman qui lui parle d'une chose importante, le bon Dieu. Eh bien la Chose importante a fait d'elle une petite fille très jolie, rien ne l'y obligeait. La brume va se dissiper, lui dit maman, et tu verras comme tu es jolie, tu verras aussi la Chose importante et tu verras tout ce que la Chose importante a créé sur la Terre. Tu nous verras nous, tu verras tes yeux qui ne voient pas. Elle attend. Polo lui écrase ses pouces sur les paupières et lui demande ce que ça fait. Pour son dixième anniversaire il lui offre un œil, le gauche, le droit, celui qu'elle veut. Le problème est de trouver un bon docteur pour attacher l'œil de Polo à son nerf optique. Plus tard. Elle attend. Quand elle dort, la brume l'étouffe. La brume et la nuit, ça fait beaucoup. Qu'est-ce que c'est, la nuit ? C'est dormir, avoir peur, faire des rêves. Et des rêves elle en fait sans arrêt. On peut tout lui reprocher mais pas ça. Elle rêve de quelqu'un qui fera sortir la brume de sa vie. La brume et la nuit. Elle ne mettra plus ses doigts dans la gorge pour respirer. Et c'est ainsi qu'elle grandit, au bout d'une laisse que tient Polo.

Elle a les cheveux mouillés, emmêlés, Polo les coiffe. Tu t'es salie, lui dit-il et il la nettoie. Tu as du jaune sur le menton. Il enlève le jaune. Tu as du vert entre les dents. Il enlève le vert. Tu saignes du nez, comment tu t'es fait ça ? Il enlève le sang. Il sait tout ce qu'elle pense, tout ce qu'elle rêve. Il peut lui raconter ses rêves à elle, chaque matin, des goélands rouges, verts, avec de la brume autour. Le dimanche ils vont à la messe tous les deux. Ils mangent la Chose importante. Polo lui dit : qui sait, la brume va peut-être se dissiper quand tu auras digéré l'hostie. Pour le moment, c'est Polo, dans sa vie, la chose importante, plus importante que maman. Plus tard ils se marieront et ils auront des enfants qui s'appelleront Polo et Mira. Ils sont déjà un peu mariés puisqu'ils sont frère et sœur.

Polo n'a qu'un défaut, son copain Tomi. Il habite l'étage au-dessous et tous les jours il faut aller voir Tomi, le trouver drôle, musclé. Il lui pince les fesses, elle en a peur. Il a les cheveux longs, il l'oblige à les toucher, à les caresser. Il lui dit : Tu as vu comme c'est doux ? Un jour il fait une tresse entre ses cheveux et les siens. Et comme il aime les vieux bateaux, il précise : une épissure. Et sur une corde il lui apprend à faire des épissures et tous les nœuds marins, jusqu'au nœud d'amour ou nœud de plein-poing. Il veut toujours lui parler. Elle ne s'y habituera jamais. Il a sur lui une odeur d'aisselle, de putréfaction. Ça retourne l'estomac.

Un après-midi sa copine Edwige lui lit *Le Journal d'Anne Frank*. Elle entend rire, elle bondit les mains en avant et bute sur deux personnes qui la repoussent. Eh bien oui, quoi, dit Edwige, on s'embrassait... Elle devient folle, elle déchire la brume, elle hurle, elle s'arrache le sang des veines, elle tombe, se cogne, elle ne ressent pas la douleur. Elle descend voir Tomi et lui raconte qu'elle n'aime plus son frère, elle ne l'épousera pas, il lui a menti, elle est perdue. Tomi la console. Mira vient d'avoir treize ans.

Stupide Polo !... Que sait-il des souffrances de la brume ? Des angoisses d'une fille comme elle ? De ses envies ? De ses besoins. Il aurait fallu qu'il laisse ses doigts collés sur son pouls, jour et nuit, et durant toutes ces années. Que sait-il faire, à part la bourrer de Salgydal quand sa respiration s'accélère et qu'elle agite ses mains ? Ses rêves, qu'en sait-il ? Des goélands bleus, rouges, verts, des pommes rouges, bleues, vertes, ou des poissons jaunes à chair d'ananas ? Pauvre idiot !... Que sait-il des rêves d'une fille handicapée, c'est le mot exact, disons-le, d'une fille aveugle, humiliée, méprisée, mais patiente et qui fait ses délices de la houle violente de son sang ? Qui dépasse en vilenie, dans ses rêves, tout ce que les autres peuvent imaginer de plus extravagant ou cruel ? Que sait-il d'une aveugle, lui, avec ses chansonnettes de quatre-saisons ? De la folie qui rôde autour de ses yeux, dans la brume, imbibant ses rêves comme du sang ? Qui la fait s'éveiller chaque matin les dents douloureuses à force d'avoir grincé et mordu, pendant qu'elle dormait. Je ne suis pas une aveugle de conte de fées, connard !

Je m'appelle Tomi et je suis un menteur. Et d'abord je ne m'appelle pas Tomi. Et quand je rencontre des filles, je me donne à chaque fois un nom différent, ça m'amuse. Je dis toujours que mon père est mort. Ce n'est pas vrai. Je pense qu'il vit tout près d'ici, qu'un jour il va sonner à la porte et me taper sur le ventre, hé bien je l'attends. Avant il vivait à perpète, sur une île indienne. Il a disparu quand il a fait faillite. Il dirigeait les tanneries des cuirs de Madagascar. Là-bas on fusille les alligators, on les pèle, on les tanne, on en fait des godasses et des sacs pour les beaux quartiers. Son frère a tout racheté, je n'ai plus rien. Je dis toujours que je vais partir à Madagascar tanner les alligators, m'acoquiner avec les grands noms de l'industrie du luxe, Vuitton, Gucci, les faiseurs de sacs, de godasses, et revenir en jet privé, le cigare entre les dents. Mensonge. Je ne sais plus quoi faire de mes dix doigts, de mes onze doigts. Le jour où ma tante Matilda vient à clamser, je suis à la rue. Ce n'est pas un petit diplôme en communication qui va beurrer mes épinards et je les aime très beurrés, dans de la vaisselle plate, en déglutissant les plus fins des chablis. Jusqu'à trente ans et des bananes, je courais la gueuse. J'avais fait le contraire du vœu de chasteté, le vœu du plus grand nombre de nanas culbutées dans ma bagnole, car c'est dans ma bagnole que ça se passait le plus souvent, de nuit. Je rêvais secrètement de les avoir toutes, que telle était la vraie mission sexuelle d'un prédateur de mon acabit. J'avais le permis bateau, le permis avion, j'avais aussi le permis gonzesse, le plus excitant des trois, le plus dangereux. Dangereux pour elle, mon neveu. Je me faisais plaisir, je leur faisais plaisir, je les abandonnais ravies dans le caniveau, sans revoyure. Je connaissais tous leurs rouages et subtilités, elles fournissaient les pièces, moi la main-d'œuvre. Ah, je les aimais, ces filles, ces beautés du hasard, avec la dévotion du mécano pour la bécane, un secret pour la plupart des clampins, mais jamais pour lui. Et j'étais bien parti pour passer l'existence entière à récupérer entre deux loopings, entre deux baises. Jusqu'au jour où Mira s'est présentée à moi.

Mira

1. Je m'appelle Mira et je reviens du Centre éducatif pour déficients visuels. J'ai rendez-vous avec le plus merveilleux des amants. Je suis sa maîtresse. Non, c'est lui mon maître. Non, c'est un amour que nous ne maîtrisons ni lui ni moi, mais nous aimons cet amour. Pour l'instant, il n'y a que des mots entre nous. Il me convoite du regard. Quand il ne parle plus c'est qu'il me convoite du regard. Je croise les jambes, je les décroise. J'attends. Comme lui j'ai besoin que l'attente prenne fin. Nous nous marierons l'année prochaine à Madagascar où il possède une tannerie d'alligators léguée par son père, au bord du fleuve Manombolo. Il me paiera des yeux avec l'argent des alligators. Je verrai mon amant, mon mari.

2. C'est peut-être aujourd'hui la première fois. Chaque jour, en revenant du Centre, je pense la même

chose avant d'arriver chez lui. Tout dépend de toi, dit-il. Ça, je l'ai toujours su. Il ne me pince plus les fesses, il ne tresse plus mes cheveux dans les siens. C'est à lui d'avoir peur de moi, de nous. Il redoute ce moment qu'il m'a confié et que je retarde à plaisir, ou sans plaisir, je ne sais pas…

C'est peut-être aujourd'hui, ça dépend de moi, je sais.

3. Je traverse le pont de Bir-Hakeim. Dans quelques minutes il me verra. Il me guette au balcon, il va me héler. Au début il me répugnait, il avait une odeur de fleur pourrie. Je presse le pas, je sens l'appétit monter en moi. Il devient presque douloureux à l'approche de la maison. Je ressens cet appétit quand je suis avec lui. C'est une sensation nouvelle pour moi. C'est parfois une pression sur le cœur, un vide au creux de l'estomac, une béance entre les jambes, qui réclame d'être remplie. Pourquoi est-ce lui entre tous, mon pire ennemi d'autrefois, qui m'inspire cet appétit ? Parce que c'est lui ? Parce que c'est moi ? Parce que nos petites sœurs les âmes en ont décidé ainsi ?

4. Ce n'est pas une chambre, c'est une cabane au fond des bois, dans un appartement obscur, à l'étage au-dessous du nôtre. Il aurait voulu courir les mers du Sud : c'est une cabine de bateau pirate. Il couche dans un lit orné d'un vrai crâne humain volé par mon frère aux catacombes, un dimanche qu'il y servait la messe. Il voudrait que je vive avec lui, que je dorme avec lui sous la couverture de satin, mais tout ça viendra plus tard. Pour l'heure, nous sommes assis sur le lit. Je bois à la paille un mojito glacé, une boisson d'aventurier des mers du Sud, à base de rhum. Lui

me convoite du regard. Il n'est pas bien loin, d'après le bruit des glaçons.

5. Je me métamorphose, je me scinde. C'est un don que j'ai. Mira parle à Mira.

Je meurs d'envie d'avancer la main, d'avoir le bout de tous mes doigts en contact avec sa peau, avec ses lèvres, en longeant le bord de son oreille, en suivant la chair de l'orteil entre les doigts… Ça va comme ça, me dit Mira, tu devrais arrêter l'alcool, tu n'as que treize ans. Le désir enfièvre mon sang. C'est comme de la morphine injectée dans une veine, très doux. J'aimerais m'allonger sur les oreillers, laisser ma jupe remonter sur mes cuisses nues. Mais qu'est-ce tu fous, Mira, redresse-toi s'il te plaît ! J'éprouve un picotement sur la peau à l'idée du pouvoir que j'exerce sur lui. Il me convoite, il se tait, je n'entends plus le bruit des glaçons. Il a peut-être fini son verre, après tout. J'aimerais effleurer sa jambe du bout de mon pied déchaussé, lui écarter les jambes et juste l'effleurer du bout du pied. Je crois que tu déconnes, Mira, monte à la maison. Et ne raconte jamais ça au psy, c'est un mouchard.

6. Toute ma vie, mon rôle a été de faire attention, de veiller sur moi. Du plus loin que je me souvienne je demande la permission à mes parents, à Polo, j'ai une laisse autour du cou. J'ai treize ans et je n'ai jamais appris à aimer les autres, seulement à veiller sur moi. C'est la tâche que m'ont attribuée mes parents. Dans ma courte vie, aucun garçon n'a osé m'embrasser. On n'embrasse pas une bonne sœur, on n'embrasse pas une folle, on n'embrasse pas sur la bouche une aveugle. Je ne veux plus veiller sur moi, je veux donner mon amour aux autres, à commencer par moi. Pourquoi est-ce lui qui m'inspire cet appétit, lui mon

pire ennemi d'autrefois ? Parce que je sens chez cet homme un besoin. Un besoin que je peux satisfaire comme personne au monde, je crois. C'est cela qui m'attire et me fait le désirer de tout mon sang. C'est là le seul désir que j'éprouverai jamais.

Tom

1. C'est tout con, la douceur, la lenteur, la peau sur la peau. Je parie que tout le monde est au courant. Que tous les bouquins l'ont dit, roucoulé, piaulé, et tous les violons. Et les amants, n'en parlons pas, ils n'ont que cette prière aux lèvres, ou ce cri qui les tue, l'un sur l'autre cloués par cette douceur à l'état brut. On en revient toujours à ces vieilles notions pour seriner comme c'est bon, l'amour, ces microparcelles de peau mêlées qui s'envoient en l'air jusqu'aux étoiles. C'est tout con, mais moi je suis bien plus con. Moi c'était l'amour du cul, avant Mira. Je faisais ça dans les avions, les trains, les grands bus Pullman équipés comme des yachts d'émir, je faisais ça dans les bars, les boîtes, n'importe quel sous-sol où le pictogramme Adam et Ève indique la région bénie des chiottes. Et *libre* ou pas *libre* je frappais, j'entrais, il y avait toujours quelque blonde ou brunette en position du lotus, le nombril à l'air, l'œil vague, une offrande. Moi c'était l'amour du cul, avant Mira dans la brume. Je ne pensais qu'à toussoter vite fait mes petits soldats blancs.

2. Il est plus de minuit. Je n'arrive pas à dormir. Je fume une cigarette au balcon. Je regarde la lune.

J'aimerais être ailleurs, mais je n'ai jamais eu le courage de m'éloigner. Mes îles au bout du monde, mes atolls perdus, ce sont les boîtes ou les pubs de grande et petite couronne. Ça ne va pas chercher loin.

3. La porte s'ouvre en chuchotant, je me retourne. Elle apparaît dans l'embrasure, éclairée par les rayons lunaires. Elle a sur les épaules un imper foncé peut-être noir. Il tombe en corolle à ses pieds. Dessous, elle n'a qu'un débardeur et une culotte de coton blanc. Elle est nu-pieds. Elle s'approche du lit, me demande à voix basse où je suis. J'entends à peine. Elle parle à travers sa respiration hachée qui couvre les mots. Elle s'approche lentement, les mains en avant. Quand ses doigts frôlent ma poitrine, elle tressaille et se fige. On dirait qu'elle s'est brûlée. Je devine exactement ce qu'elle a sur le cœur. Elle se dit : c'est la toute première fois. A douze ans, elle a déserté l'appartement familial pour cette première fois. Si sa mère se réveille et la cherche dans la maison, elle trouvera un lit vide et la porte de l'appartement entrebâillée, avec un chausson coincé entre les battants. Elle est immobile en face de moi, ses cheveux sur les épaules, j'ai l'impression qu'elle tremble. Dans la clarté lunaire, je vois ses yeux qui ne voient pas. Tout dépend d'elle, je sais, j'attends.

4. Elle se mord la lèvre inférieure et je me déshabille. Je suis à poil en face de Mira, je n'ai plus que ma peau sur le corps. Elle me demande si je suis nu ? Oui. Entièrement nu ? Oui. Elle ouvre les mains comme des nénuphars et du bout des doigts me touche les épaules, le cou, les bras, j'ai l'impression qu'elle dessine mon corps avec des attouchements étirés ou des points d'excitation lumineux dans son brouillard. Elle avance et vient me caresser la poi-

trine avec sa joue, comme un chat ronronnant. J'ai ma verge entre son débardeur et sa peau. Que celui qui lira ces mots ne me juge pas. Une aveugle n'a pas douze ans, elle n'a pas dix-huit ou mille ans. Elle vit dans un monde où les instants sont chargés d'éternité. Plus jamais après cette nuit-là son frère ne la ramassera cauchemardant sous son lit, le corps trempé de sueur et de sanglots.

Polo

Je m'appelle Polo et moi aussi j'ai mon mot à dire. Et d'une je déteste mon père et de deux, je suis un brave petit fils à papa. Et d'une je déteste mon père et j'aime qu'il ne soit jamais là, jamais dans mes pattes, et de deux je fais tout comme papa. Je suis monsieur Tout-comme-papa, Tout-comme-Dieu, c'est pareil. Dans la famille bon Dieu, je demande…

Fin

Hé, vieil œuf, tu as remarqué ?

C'est vide à Polo. La case est vide. En fait je ne sais pas très bien qui c'est, ce Polo. C'est un personnage que j'ai du mal à camper. Mais toi, tu as peut-être une idée. Il dit qu'il a son mot à dire. Eh bien qu'il ne se gêne pas. Ne te gêne pas pour lui donner la parole à ce tyran fraternel de mes deux. Vas-y, défoule-toi après tout, bonhomme, tout ça c'est de la fiction et moi je suis un menteur.

Je t'en sers cinq,
Tim

P.S. : Ceci qui n'est pas de la fiction. Ce n'est pas moi qui l'ai mise en cloque. Cette petite pute ne m'en a jamais parlé. Sans toi je me serais fait gruger par cette garce adorée. Indirectement tu es à l'origine de notre séparation. Pourtant, je ne l'avais qu'à peine engueulée. Mais comment peux-tu avoir confiance dans ce beau petit cul d'aveugle s'il trouve le moyen d'engager du personnel entre le boulevard Delessert et le Centre pour biglouches. Il y a quelque part quelqu'un qui va se faire tuer, crois-moi. Et tu me rendrais service en sachant qui c'est.

Des fois j'en ai marre de Dieu. Bon français, bonne éducation, bon Dieu, j'en ai marre de toute cette bonté, marre de moi. Dieu et moi on est un couple passionnel, on s'engueule tout le temps. Mais Dieu, ça ne lui fait ni chaud ni froid. Tandis que moi ça fout ma vie en l'air, et tellement de projets auxquels j'aimerais l'associer. Pour aller mieux. Pour avoir bonne opinion de lui. Je me fous que les choses aient du sens, que la vie soit éternelle ou non. J'ai besoin qu'elles soient terrestres pour avoir la foi. L'éternité neigeuse des angelots dans la crème anglaise de l'adoration m'inspire autant qu'une limande en coma dépassé. Si j'ai un mot à dire, ce serait bien ça. Je crois que Polo se cherche un père. Et je crois que son père aussi s'en cherche un. Le comble serait qu'ils trouvent le même. Pour l'histoire de Mira, Polo estime qu'il s'en expliquera directement avec Tomi, le jour où celui-ci redeviendra Tim. Et pour la fiction, Polo se marre. Il n'a pas besoin de lire entre les lignes. Il connaissait l'histoire avant qu'elle soit écrite, il s'en doutait, ce qui est pire. Et ce n'est pas sa faute à lui si son copain n'a aucune imagination. Et on verra après, c'est vrai, s'ils sont encore amis.

Voilà ce que j'écrivis à la case Polo, ayant lu la prose pathétique de Tim, trop content d'avoir échappé à l'alexandrin ou quelque métrique modeuse au temps des châteaux forts, mon dada lorsque j'escomptais devenir un grand écrivain du passé, le ménestrel *high-tech* de notre ère mondialisée. Mais nous n'y sommes pas, loin s'en faut. Cathy ne m'a pas encore échangé la lettre de Tim contre le serment de ne plus mettre un orteil hors de la maison. Pour l'instant je reviens à moi, j'ouvre les yeux dans un cercueil et, tenez-vous bien, je vais hurler.

9.

Et si je ne recommence pas, c'est qu'un picotement d'irréalité m'envahit. Où suis-je ? Je ressens les élancements d'un mal de crâne insoutenable, comme si mon cœur et mon cerveau étaient saucissonnés entre eux avec une ficelle de salami tendue à craquer. J'entends un souffle rauque tout proche, un grincement, la panique me tord les entrailles. Je ne suis pas seul, apparemment. Il y a quelqu'un dans le cercueil avec moi. Et ce qui n'est pas même un soupçon se voit confirmé par le fait que j'ai la main gauche, ou droite, je ne sais plus, prise en sandwich entre deux surfaces molles et tièdes comme des cuisses nues, une paire de cuisses humaines étroitement serrées. Je touche des poils pubiens, c'est humide sous mes doigts. Alba, me dis-je bouleversé, mon Alba chérie, nos deux corps nus mêlés, nos deux sexes emboîtés : les remboîter illico, me tringler cette Alba d'amour fou qui se donne à moi dans sa chambrette. J'en suis là quand la voix de ma sœur dissipe les enchantements en train d'affluer.

– Bois du café.

A qui parle-t-elle ?

– Ça va être froid, bois-le.

Je soulève une paupière. Il fait toujours aussi noir, aussi chaud. J'ouvre les yeux. Bizarre. Ce n'est peut-être pas un cercueil qui m'étreint, mais l'oreiller que je presse fortement sur mes narines. Aucune amante, aucune Alba contre moi. La paire de cuisses qui retient prisonnière ma main s'avère être la mienne, tout comme ce mal de crâne et cette gorge pétrifiée d'alcool.

– Dis-moi, sœurette, on est quel jour ?

– Bois d'abord… Après tu parleras.

– On est quel jour ?

– Mardi, pourquoi ?

Je contemple ma main tout engourdie.

– Je ne sais pas… Tu es sûre qu'on est mardi ?

– Ou mercredi.

– Ça ne change rien, mardi ou mercredi. On est quoi ?

– On est jeudi, dit-elle en riant.

– On a gagné un jour, ou perdu. On est quelle heure ?

– C'est sans importance. On ira canoter au bois cet après-midi, j'ai envie de sortir.

– C'est sans importance, tu as raison.

Le grincement de nouveau. J'ai rêvé d'un cercueil. Il était tapissé de satin rose, il embaumait la fleur sucrée. On entendait glousser à l'intérieur. N'importe quel garçon serait entré.

– Allez, Marc, bois ton café. Je t'ai mis du lait concentré à la place du sucre.

– Parle moins fort, je t'en prie. Je me suis fait mal.

– Où ça ?

– A la main, en dormant.

Ce n'est plus une main, c'est une prothèse, un grattoir géant, on pourrait la dévisser, l'offrir à un manchot.

– Ça va être coton pour ramer.

– Tu es sûre de vouloir canoter ?

– J'aime bien voir les cygnes, on leur donnera du pain.

– Si tu veux, mais blague dans le coin, sœurette, qu'est-ce que tu fous là ?

– J'assiste au réveil de mon frère, le plus grand ronfleur du règne animal. J'essaie de lui faire boire un café.

Je l'aperçois à travers mes cils, assise en lotus sur le tabouret du piano, toute maigrichonne et minable avec son débardeur de gavroche et son slip blanc. Ma sœur, toujours en slip blanc. Petit Bateau, petite miro, peti peti… Je me retourne et découvre alors mes pieds chaussés de baskets au-dessus de moi, mon pantalon repoussé aux genoux. Félicitations. J'ai la moitié du corps sur le plancher, l'autre moitié sur mon lit. Le tout ramené au bercail par le dieu des ivrognes et des amants déconfits. Je me hisse à bord du lit.

– Tu m'avais promis de ne pas sortir.

– … allé faire un tour en bas, j'étouffais.

– Jusqu'à cinq heures du matin ?

– Estime-toi heureuse que je sois rentré.

– Tu as vu ta copine ?

– Si je le savais !

Je lui balance l'oreiller qu'elle se mange en pleine figure, elle vacille de stupéfaction, elle va tomber du tabouret, non, elle se rattrape de justesse et le lotus s'immobilise en travers du néant, débardeur gavroche, petit bateau blanc… Entre nous règne un capharnaüm de bouteilles vides et de raviers sales, de serviettes en papier maculées, avec au beau milieu du Bulgomme une marmite à fondue débordant de mégots, ces longs mégots des Royal menthol de maman.

– C'est quoi, ce binz ?

– C'est moi.

– Toi ?

Elle a un rire gêné :

– J'ai fait le ménage dans le salon, c'était une infection. Ça ne t'a même pas réveillé, sinon tu m'aurais aidée.

– Et qui va nettoyer ?

– A part toi, je ne vois personne. Ah si maman veut bien faire un miracle en faveur de coco chéri…

En me redressant je brise de longs poils de vermicelle chinois qui s'étirent entre ma chemise et ma peau. De mieux en mieux. Je suis couvert de détritus variés, pâtés impériaux, nouilles, pousses de bambou, petits pois et lambeaux d'omelette. Elle est drôle, ma sœur, elle a sa petite vie d'excentrique, la nuit, elle promène les ordures dans la maison. Elle aurait aussi bien pu me trancher la gorge. Elle y a sûrement pensé, d'ailleurs. C'est tentant, quand on aime les couteaux.

– Je t'ai frictionné la tête au nuoc-mam. C'est excellent pour le cuir chevelu. Toi qui as tendance à la calvitie.

– Et si je te scalpais, toi qui as tendance à la forêt vierge.

– C'est très amusant d'étaler de la nourriture sur quelqu'un qui dort.

– Et sur quelqu'un qui chiale, je ne te dis pas ! Tiens, on va jouer à colin-maillard. Tu l'aimes bien, colin-maillard, c'est ton cavalier préféré !…

Je me soulève, je retombe sur le traversin. Rien qu'à la pensée de la faire toupiller c'est moi qui tourne et suis pris de vertige. Je ferme les yeux, l'enfer est là. Ma mémoire est un vrac emporté dans un rodéo gyroscopique où flambe régulièrement la vision d'une bouteille de porto millésimé que papa se gardait pour les grandes occasions. A part ça néant, le vide abyssal de la bourrette menée aux frontières du coma. Que s'est-il passé durant la nuit ? Est-ce que j'ai vu Alba ? Est-ce que nous nous sommes expliqués ? Est-ce que je l'ai raccompagnée chez elle à vélomoteur, en amazone sur le porte-bagages, les cuisses au vent ? Est-ce que je l'ai serrée contre un mur ? Si nous avons fait l'amour, ça ne m'a guère marqué. Et si nous l'avons fait je ne vois pas ce que je fabrique ici, déguisé en poubelle de Chinatown.

– Tu iras mieux si tu bois du café.

Je distingue au pied du tabouret le bol fétiche de maman. Un bol de ferme à liseré vieux rose, souvenir de son baptême, cadeau d'un oncle parti s'établir en Indochine, espion des Américains, décapité par les Japonais en 1943. Le bol sacré que j'avais toujours connu poussiéreux dans une vitrine à côté d'un poignard de kamikaze et d'un cheval d'ivoire miniature, symbole de fertilité.

– Comment sais-tu que je n'en ai pas bu ?

– Tu pues l'acétone à des kilomètres. C'est ton odeur qui m'a réveillée au bout du couloir, je dormais bien, je rêvais que tu n'existais pas.

– Ferme-la… Personne n'a téléphoné ?

– Si, ta copine Alba. J'ai dit que tu étais sorti.

– Elle a vraiment appelé ?

– La pauvre… Elle pleurait, elle désirait parler en confiance à quelqu'un qui te connaissait bien.

– Et ?

– Je te connais bien.

– Et ?

Cathy se met à jouer avec la vis du tabouret, elle monte, descend, elle fait son lotus grinçant, tournant, c'est un mal de mer à vomir. Si peu que je ferme les yeux je suis happé dans le rodéo gyroscopique de ma nuit désemparée, je vois danser la bouteille de porto sur les vagues, je vois un hublot écarquillé dans les ténèbres, une alcôve où gigotent trois corps nus entortillés sous des fourrures, j'entends gémir, un mec poilu se tient devant un miroir, qu'est-ce qu'il fout là, ce con, avec ses fesses de cadavre ?

– Elle a dit que tu étais spécial.

– C'est tout ?

– Mais que tu lui plaisais.

– Je suis spécial et je lui plais. Passionnant, on en mangerait. C'est du grand n'importe quoi, tes salades…

– Tu me traites de menteuse ?

– J'attends la suite.

– Elle appelait pour s'excuser, te dire qu'elle n'est pas une salope. Elle tient absolument à ce que vous restiez amis.

– Elle a dit ça ?

– Et alors ?… C'est toujours mieux que l'amour l'amitié. Et déjà ça ne passe pas. Et puis c'est plus doux, plus profond. Moi je suis amoureuse de l'amitié.

Ce mot me soulève le cœur, je ferme les yeux et cette fois Alba surgit en peignoir, tout sourire : soyons amis si tu veux bien. Son peignoir s'entrouvre : touche comme c'est doux, nous sommes les meilleurs amis du monde, Marc, seule la mort peut nous séparer. Elle n'a plus son peignoir, elle est parfaitement nue, le corps parsemé de gouttelettes luisantes, ses cheveux d'or trempés : c'est si doux, si profond, si chaud l'amitié, ça ne finit jamais… Le peignoir se referme sur elle : il n'y a rien d'amoureusement possible entre nous, Marc, mais en tant qu'ami tu peux toujours repeindre ma chambre ou changer la litière du chat. Elle me passe les bras autour du cou, se frotte à moi : tu peux également me servir de cobaye pour les ponctions ou me payer à déjeuner les jours où je n'ai rien de mieux à faire que d'avoir ta tronche de cake en face de moi…

Je rouvre les yeux, je n'ai rien vu, rien entendu.

– Pipeau, Cathy, laisse tomber.

– Tu crois que je mens ?

– Laisse tomber.

Elle pivota vers le piano :

– Tu as du courrier, c'était sur le paillasson.

Une grosse enveloppe marron atterrit parmi les raviers. En me levant pour la ramasser j'ai un choc. Je croise mon regard dans l'armoire à glace, ma personne mal réveillée, votre serviteur peinturluré de mangeaille jusqu'aux yeux. Ce n'est pas ça qui fait battre mon cœur, mais la ressemblance avec mon père, homme honnête et droit, salopard incapable d'une mauvaise action. J'ai l'air aussi méchant que lui lorsqu'il s'adresse à moi.

– Papa revient quand ?

– Tu verras bien, t'as qu'à cocher les jours. Il saura tout. Je ne mens qu'à toi.

Je l'entends rigoler dans mon dos :

– Elle est comment, ta tête ?

– La tienne est pire… Toi aussi on t'a menti. Pour commencer tu n'as pas les yeux bleus.

– Ah bon, ils sont comment ?

– Sans couleur, ça te dit quelque chose ? La télé, avec ou sans couleur, ça te fait quoi ?… Tes yeux, c'est du blanc d'œuf mal cuit.

Elle se tait, ne se tait plus, me fait un discours à voix feutrée :

– Toi aussi on t'a menti. Tu n'as pas les yeux en face des trous. Qu'ils soient verts, bleus, noirs, on s'en fiche. Et ton cœur on ne sait pas si tu en as un, où il est. Dans ta culotte, en ce moment. Je ne sais pas ce qu'elle t'a raconté, maman, mais ça t'a rendu stupide et cynique, à même pas vingt ans. Qu'est-ce que ce sera à quarante, si tu vas jusque-là. Toi, c'est ta mère qui te faisait tenir debout. Un sac vide ne tient pas debout, comme elle disait. Mon pauvre vieux Marc, déjà si vieux… Oh ce n'est pas toi que je plains, toi tu vis ta vie comme tu l'entends, je plains les femmes qui te rencontreront, qui t'aimeront, qui se prendront pour ta mère un jour ou l'autre. Tu resteras pour elles un parfait inconnu. Comme tu l'es pour moi, pour toi, pour mes copines. Comme d'ailleurs tu l'étais pour maman. Un inconnu, Marc, tu crois qu'on reste avec lui ? C'est le pire des malheurs, un inconnu, pour une amante.

Ces mots ne payaient pas de mine, et j'ai commencé par les oublier. Puis ils sont revenus. Ils se sont mêlés à ma vie jour après jour. Je ne sais pas très bien ce qu'ils signifient mais ils me font peur. C'est comme une devise, une malédiction impossible à enrayer. J'en veux à ma sœur d'y avoir pensé, de les avoir dits, ce matin-là. Je la revois en débardeur et culotte, posée comme un papillon sur le tabouret du piano. Tais-toi, Cathy, motus. Trop tard pour lui arracher la langue, elle a formulé pour toujours l'énigme d'un mauvais sort qu'il me faut bien essayer de résoudre. Il peut toujours courir, l'inconnu, après sa vérité.

Ce soir encore, isolé dans la maison-phare au milieu des ténèbres, je m'en souviens malgré moi. Moi l'inconnu pour tous. Moi l'amoureux qui rejette l'amour d'autrui. Moi le plus avide et le plus seul. Autrefois je montais voir ma mère au ciel, on s'entendait bien là-haut. Aujourd'hui, j'ai peur. J'ai l'impression qu'elle en est partie. Si je ne suis plus chez moi dans mes plus beaux souvenirs, où puis-je aller ?

Et griffonnant mécaniquement, fatigué, j'arrive au bord du sommeil en agitant mon vieux rêve insensé, le paradis promis à la naissance entre le bout de sein des nourrices et le fil doré des mers, un monde où l'on est en érection à la vue d'une hirondelle et où l'on peut aimer l'amour des corps sans basculer dans la folie. Rappelle-toi, Dieu, ça ne date pas d'hier, je t'ai supplié, harcelé chaque nuit : débarrasse-moi du sexe, débarrasse-m'en, qu'il me foute la paix. Et tu verras bien si je ne suis pas un homme.

10.

Après quoi, ne vous étonnez pas si je reste quinze jours sans nouvelles d'Alba. Elle disparaît. Elle a pris peur. Volatilisé, l'amour de ma vie. Je téléphone : la ligne est coupée. Je vais chez elle, je frappe, je gueule à travers le battant : personne. Au dispensaire on me dit qu'elle est en congé. Je me saoule, je tourne en rond, plus que jamais je crois à cet amour, le seul de ma vie. Je vais épouser Alba, la traîner devant l'autel dès qu'elle revient. Je salive à la vitrine de chez Tati, devant les robes blanches à quat'sous. Cent francs la mariée. Cent francs cette blancheur de lys qui vous répare un homme à vau-l'eau. Tous les après-midi je suis au port de Javel. Pas plus de péniche que si j'avais rêvé les ancres noir olive et la pâleur des trois corps nus bougeant dans cet œil, ce hublot rond comme un clair de lune. Je passe mes nuits en éjaculations désespérées, concentré sur ce monocle qui sert d'écran fantasmatique à mes lubies, à mes soupçons. N'est-ce pas Alba que je vois se cambrer sous la fourrure? N'est-ce pas elle qui gémit? Et sous la fourrure, avec elle, il y a qui? Le pote infirmier? Avec une copine infirmière? Avec un autre infirmier?... J'étouffe d'angoisse, en butte aux rêvasseries d'une concupiscence jamais assouvie.

Et si par hasard j'avais tout inventé, cauchemardé. J'ai très bien pu me tromper de péniche, comme elle a pu changer d'avis et préférer boire un verre au bistrot du coin, un thé citron, un jus de tomate, une menthe à l'eau. Rien que pour ça je veux lui parler, en avoir le cœur net.

Et ne cessant d'affleurer dans la nuit blanche, il y a le visage de ma mère à l'hôpital sur son dernier lit, les yeux fermés sous l'emblème squelettique d'un dieu luisant comme un os nu. Je leur parle à tous deux. Je leur dis : aidez-moi. Je leur dis : tirez-moi de là. Je leur dis : je vaux mieux que ça, trop facile d'être absent, de la fermer, de juger. Je leur dis : trouvez-moi quelqu'un, ça urge, ou je deviens fou. Il y a bien Edwige, mon ex-égérie, mais on est brouillés. Pour la débrouiller, c'est toute une campagne épistolaire de rattrapage amoureux, d'échanges éthérés qu'il faudrait commencer par déployer. Sans grand espoir, d'ailleurs. Pas le genre de minette à se plier charitablement aux urgences de l'érection, deuil ou non. Je leur dis : la faute à qui, tout ça ? Qui est mort ? Qui m'a mis au monde ? Qui m'a refilé son bon Dieu sous l'oreiller quand j'ai perdu mes dents ? Mes pulsions, mon corps, la faute à qui ? La branlette, la faute à qui ?... Je hais cet expédient maléfique, ce faux amour qui me précipite au petit coin comme un voleur, qui m'endort le sexe à la main, cramponné, paré pour le cauchemar, me réveille au désespoir, transi, revenant d'un naufrage où j'ai vécu mille morts dans le vagin des sirènes, incapable de leur dire non, d'échapper à cette farce.

Elles sont risibles, mes contorsions, mais j'ai encore assez d'humour pour en rigoler. Je sais bien qu'à leur manière elles illustrent le mal d'amour, ce vade-mecum du branleur chevronné quand il perd sa mère à dix-huit ans. Rien n'est alors trop beau, trop nu, trop charnel pour pallier la mort. Le bernard-l'ermite veut renaître et n'importe quel trou lui tient chaud.

Paumé comme je suis, je me réconcilie avec Cathy. Je l'emmène à vélomoteur au port de Javel. Je lui montre l'emplacement du bateau fantôme, entre le remorqueur et le restaurant. Je lui décris mes chastes nuits avec Alba. Pas si chastes que ça, d'ailleurs, vu les détails : la caresse inachevée, l'anomalie secrète, le pote infirmier, mais aussi la tendresse et l'amour naissant, l'attirance réciproque, le plaisir d'être ensemble, de rire ensemble, de se réveiller dans le même lit.

– De sucrer les mêmes fraises…

– Jalouse !

– Arrête tes conneries, c'est une salope.

Je dégage en touche :

– A quoi peut-elle être sur le point d'arriver ?

– A rien. Elle n'arrive à rien, et de toute manière on s'en fout. Je ne lui conseille pas de rappeler.

– Attends, c'est gynécologique.

– C'est toi son gynéco ?

– Elle a un truc grave, à mon avis.

– Une cystite mentale, comme toutes les salopes.

– On dirait que tu la connais.

– En tout cas mieux que toi.

Je ne la savais pas si calée. Je le suis moins qu'elle. Un salaud, je vois bien ce que c'est. Un menteur. Elles s'en plaignent toutes. Le mec les baratine et s'en va baratiner aussi fougueusement dans le lit d'à côté, à l'oreille attentive de la meilleure copine en général. Tous des salauds, d'accord. Mais une salope, non, je ne vois pas.

– Maintenant tu vois.

– Je vois quoi ?

Elle se marre :

– Le salaud, la salope, c'est kif-kif… Dans les deux cas on se sert de toi, on se fout de ce que tu veux, de ce que tu attends. Une salope n'est jamais à toi, un salaud pas davantage. Et tu peux toujours te brosser pour changer la donne.

De ma sœur ou de Tim, lequel se fait avoir ? Ce serait bien la première fois que mon pote endosserait la peau du perdant. Depuis que j'ai lu son courrier délirant sur Cathy, j'ai un doute. Il est temps de raccrocher les wagons. Je lui en veux mais il est mon seul ami, mon meilleur ami. Et comme lui je réserve mon plus mauvais clebs au satyre qui s'est permis d'ensemencer une petite aveugle, une mineure, l'année même où le cancer fauchait maman. J'ai ma liste des suspects. Déjà tous les voisins de sept à soixante-dix-sept ans. Et tous les curés de Notre-Dame-de-Passy. Il doit bien se trouver là-bas quelque soutane encline à s'égarer, ne fût-ce que par bonté d'âme. Mais c'est le directeur du Centre éducatif que je mets en premier sur la sellette. Il est moustachu, basané. Une handicapée telle que ma frangine, aussi appétissante, ça ne se trouve pas sous le pied d'un cheval. On pourrait lui rendre visite, un de ces quatre, à cette enflure, Tim et moi.

– Et pour toi sœurette, entre nous, tu dirais quoi ? Salope ?

– Pas salope, et même pas du tout. Mais je suis la seule de mon avis. D'ailleurs on s'en fiche, de tout ça. Ne pense plus à elle, pense à toi, ça te changera. Qu'est-ce que tu attends d'une femme, tu le sais ?

D'autant moins que je ne me suis jamais posé la question.

La scène se passe au bout de l'île Saint-Louis, sur un escalier qui descend dans la Seine, à l'ombre d'un saule et par une chaleur de plomb. Ma sœur est assise au bas des marches, en short vert, pieds nus dans l'eau. Elle jette aux cygnes des morceaux de pain. Il n'y a pas de cygnes autour de nous, les croûtons s'en vont mollement au fil de l'eau. Et même s'il y en avait, Cathy ne verrait pas la différence. Le mot cygne la fait rêver. Elle nourrit son rêve m'écoutant pleurnicher.

– Et toi, les garçons ?

Elle tire la langue en direction des cygnes.

– Berk !

– Tu les aimes comment ?

– Berk… Et ne crois pas que tu vas te débarrasser de moi comme ça.

Le soir nous allons dîner à la pizzeria La Mama, devant la fontaine Saint-Michel. Nous sommes dehors, une bougie brûle entre nous, la nappe est rouge. Régulièrement, ma sœur palpe le feu du bout des doigts. Je mange ma première calzone à l'huile piquante, Cathy sa première *quattro formaggi* à l'origan. Nous buvons toute une bouteille d'orvieto blanc. Nous sommes paf. J'ai vendu cet après-midi, rue Guénégaud, quelques éditions rares de papa, en prévision du restaurant. Je boucherai les trous avec des livres de poche. Et tant pis s'il s'en aperçoit. Ou tant mieux. Ou rien du tout. Le secret c'est l'instant, vivre dans l'instant. C'est lui l'avenir, le meilleur des mondes. Le reste n'existe pas.

– Un dessert, Cathy ?

– La ganache au caramel, avec une grappa.

– Et deux paracétamols.

Machinalement, comme je fais au bord de la mer, en bon spectateur attendant que monte le rideau, je porte mes yeux vers l'eau moirée du fleuve, loin, je cherche l'horizon par-dessus les ponts, à la lisière des étoiles qui tremblent…

– Crois-moi, dit Cathy, une vraie salope.

11.

27 juin 1969

Épître du p'tit vieux
à son paternel en voyage

Mon cher petit papa,

J'ai bien reçu ta carte postale du Zambèze. Je ne sais pas si tu te souviens de moi. Ça paraît tellement lointain. Un jour, peut-être, on s'écrira des mots comme ceux-là. Ou peut-être un fils me les écrira. Ou une fille. Et je recevrai la lettre que tu es en train de lire à peu de chose près. La phrase est bancale ? D'accord, je la refais. Tu m'impressionnes tellement. J'aimerais t'impressionner. Mais si je la refais je risque d'y passer la nuit. Je préfère ne rien corriger, pas une virgule, pour aller au bout de cette épître, avec ma signature à la fin. Ton fils Marc, le p'tit vieux. Je suis ton fils. Je porte le nom d'un roi. Il avait des oreilles de cheval, comme Lucifer. Il était malheureux en amour, il ne voulait pas se laisser aimer, ni connaître, il était jaloux. Un ange passe et lui ravit son amour. Les amants partent en bateau. Le cœur de l'un, le cœur de l'autre, la passion, l'ivresse, les corps enchantés. Quand on a tout donné à ses amours, la mort fait sourire, enfin j'espère. Elle n'a plus rien à prendre. Elle peut toujours passer, prendre quand même, elle est bredouille. Ma mère avait tout donné. Toi j'en doute, je le saurais. Mon cher petit papa, tu es un inconnu pour moi. Un jour peut-être, une fille, ou un fils, m'écrira ces mots.

Mon cher petit papa, j'ai bien reçu ta carte postale de Lomé. Elle représente une barque tirée sur le sable, une barque rouge aux grands yeux peints. C'est très joli. Derrière la barque, une adolescente porte des fruits sur la tête à même le ciel bleu. Elle a de beaux seins noirs très pointus, merci papa. Tu me dis de réfléchir à un métier, de m'inscrire en fac le plus tôt possible, et par deux fois l'épithète « sérieux » revient sous ta plume. Je regrette mais l'adjectif « sérieux » ne cadre pas avec mon personnage. Je regrette aussi d'être un personnage à tes yeux, un phénomène antipathique, et tu y es pour beaucoup.

Mon cher petit papa, j'ai bien reçu ta carte postale de Mombassa. Le type à lunettes, ce président noir frais émoulu d'une grande école française m'a l'air bien sérieux. Je suis sûr que tu l'aimes beaucoup. C'est le fils que tu aurais voulu avoir, président d'un petit pays d'Afrique, parlant grec, latin, français, breton, waluff, yorouba. Un vrai Celte noir.

Mon cher petit papa, j'ai bien reçu ta carte postale de Porto-Novo. J'espère un jour découvrir le Dahomey. Je me réjouis que l'avion ne se soit pas écrasé dans le désert. « Des coucous grands comme des bateaux de pêche », écris-tu. Ça a vite fait d'aller au tapis, ces coquilles de noix, et même noix de coco. J'y pense malgré moi. Je vois des images si vraies, si terribles, qu'elles semblent prophétiques. J'ai tellement peur qu'il t'arrive un accident, papa. Je t'imagine allongé dans la douceur du désert, au milieu des serpents, bien coiffé, bien habillé, tes chaussures de flic bien cirées. Même pas étonné d'être mort, tes yeux bleus regardant fixement le bleu des mers en plein ciel d'Afrique, le plus poissonneux des bleus, susceptible d'enfanter cette petite espérance qui grandit toutes choses d'après toi. Tu vis, tu meurs, bingo ! Chouette…

Mon cher petit papa, j'ai bien reçu ta carte postale de Libreville. Elle est illisible. Je pense que tu l'as écrite dans un avion encore plus petit qu'un bateau de pêche, et qu'il était rudement secoué par la mousson. Une chance que le moteur ensablé n'ait pas explosé. Tu te serais retrouvé dans le contexte idéal pour écrire Le Petit Prince, *et nous aurions eu de quoi faire opérer Cathy. Et toi, tu n'aurais jamais dit que l'essentiel est invisible pour les yeux. Ton cœur à toi, quelle taupe !…*

Mon cher petit papa, j'ai bien reçu ta carte postale de Brazzaville. Promis, je garderai les timbres pour tante Amatha.

Mon cher petit papa, j'ai entre les mains ta carte postale d'Abidjan. Qu'elles sont jolies ces filles, souriantes, sensuelles et généreuses de leur beauté, on aimerait toucher leur peau brillante. J'ai beaucoup touché la carte postale, figure-toi. La suite ne te regarde pas.

Mon cher petit papa, j'ai bien reçu ta carte de Yaoundé représentant l'étal d'un poissonnier camerounais. Que de sang, elles ont l'air malheureux, ces bestioles égorgées, étripées. Et dire qu'on les mange et qu'on trouve ça bon. Comment ça, je ne t'écris jamais ! Je suis négligent ! Qu'est-ce que je fais en ce moment ? Tu es toujours à cheval sur les dates. Il est une heure du matin et je vais t'écrire toute ma vie pour la peine, je suis ivre, je pense à toi. Des nouvelles, je vais t'en donner. Et plus fraîches que tu puisses espérer. Une journée ordinaire à la maison. Ça te dit ? Je dors tard, je me lève rarement avant midi. Il fait si chaud dans l'appartement que mes draps sont trempés de sueur. Je mets ta robe de chambre et je descends au courrier. Il y a toujours une carte postale de toi. Je me douche à l'eau froide, je me brosse les dents avec un doigt, je me rase au savon Palmolive, avec une de tes lames aussi vieille que Mathusalem, je réveille Cathy pour ne pas être seul à boire mon café. Nous mangeons nos tartines sans parler, de peur de nous agresser. Ensuite je vais dans ton bureau lire ton courrier, des lettres que tu as reçues il y a quarante ans, mais qu'on pourrait aussi bien recevoir aujourd'hui. D'ailleurs je les reçois. Je suis même tenté d'y répondre. Maman t'appelait : mon grand chéri. Moi elle me disait : mon petit chéri, dans ses lettres au pensionnat. On pourrait penser que « grand » c'est moins bien que « petit ». C'est seulement la différence qu'il y a entre un mari et un fils. Après cette séance épistolaire, je me désintéresse de tout. J'attends un coup de fil d'Alba et c'est grand-mère qui téléphone, fausse joie, je la tuerais la vieille. Cathy invite ses copines à jouer aux cartes, elles s'enferment dans sa chambre. Je suis indésirable depuis la fois où j'ai flirté sous son nez avec Marjorie, la lectrice de romans polars. La journée n'est plus pour moi qu'un douloureux point d'interrogation. J'attends la nuit avec impatience. Je lui fais les yeux doux en retournant au lit. Je regarde flotter les méduses, mes rêves, mes souvenirs, et s'ils font bon ménage tant mieux.

Mon cher petit papa, c'est la porte à côté, Dakar, tu te rapproches de nous. Tu reviens bientôt. Je suis à la fois content et terrifié. D'où que tu reviennes, même d'un simple tour à pied dans Paris, je suis content et terrifié. J'ai bien noté la phrase où tu me dis de ne pas faire de bêtises. Rassure-toi, ce n'est plus de mon âge. Je suis un garçon responsable et loyal. D'ailleurs, ce matin, nous avons mis un peu d'ordre à la maison. Quinze jours de vaisselle déballée, d'assiettes collées, de mouches crevées, de cassoulets moisis, de nouilles racornies, de pots de yaourt écrasés sur le piano, de casseroles dispersées dans l'appartement, sous les lits, de linge sale, c'était scabreux. Cathy m'a bien aidé. Elle a frotté les carreaux du salon, intérieurs, extérieurs, moi j'ai le vertige. Rassure-toi, je lui tenais l'escabeau. Et l'aspirateur, c'est moi qui l'ai passé. Après tout ça la maison respirait allégrement, comme du temps de maman. J'ai porté ta raquette de tennis à corder, mis au pressing tes costumes défraîchis d'étudiant et d'autres affaires auxquelles tu tiens, comme ton smoking, ça fera des frais mais au moins ça sentira bon. Je n'ai aucune illusion. Tu vas rentrer et tu n'auras de cesse que tu n'aies trouvé une miette de pain traînant sur le fauteuil de ton bureau. Et tu me regarderas mon cher petit papa, la miette criminelle dans la paume, tu exulteras de rage, comme Ravenkel. Et je devrais m'expliquer. Nous échangerons un premier regard, le regard de trop. Et nous nous éviterons jusqu'à ton prochain voyage en Afrique, aux îles de la Sonde, à Bornéo, chez les Grecs ou chez les Papous. L'après-midi nous sommes allés vendre de vieux bouquins à Saint-Michel, chez un libraire de la rue Guénégaud. Le théâtre de Regnard *(Firmin-Didot, 1857),* La Dame de Montsoreau, *avec de jolis dessins de Maurice Leloir (Calmann-Lévy, 1851), sept à huit tomes des* Œuvres complètes *de Voltaire (Éditions des Curiosités typographiques, 1743). Une pleine valise de bouquins. Regnard, ça m'a l'air d'un chiant !... Le libraire a tiré cinq billets de vingt francs d'un portefeuille jaune et j'ai eu l'impression qu'il me les jetait à la figure. Je ne sais pas ce que tu en penses, mais ça me paraît de l'arnaque. J'ai bouché les trous sur les rayons avec des livres de poche destinés au Secours populaire. A mon avis, tu n'y verras que du feu. Tu ne t'intéresseras qu'à la miette oubliée sur ton fauteuil. Avec les cinq billets nous avons dîné à la pizzeria La Mama. Une bonne soirée dont nous sommes rentrés bourrés. Je n'avais jamais vu Cathy dans un tel état. En arrivant à la maison elle a dégueulé, jusqu'à sa chambre, un vrai Petit Poucet du dégueulis. J'ai repris la serpillière et fouette cocher ! Moi aussi j'ai un petit coup dans l'aile, ce soir. Heureusement, conformément à tes instructions, je ne sors plus la nuit. Il faut dire qu'Alba m'a laissé tomber. Une infirmière, écoute ça. Elle avait rendez-vous avec son pote l'infirmier, sur une péniche, elle n'en est jamais revenue. Ça fera quinze jours demain. Aucun signe de vie. Je ne suis pas inquiet outre mesure, car entre nous c'est une vraie rencontre et nous avons dormi ensemble quatre nuits d'affilée. Quatre nuits d'amour où je l'entendais souffler, renifler, se tourner vers le mur. Elle était nue dans son pyjama rouge. Un soir il était rouge, un soir gris. Parfois nos doigts s'effleuraient. Parfois elle me disait qu'elle ne dormait pas et que ma pré-*

sence la rassurait. Tant d'intimité dans les ténèbres, et si longtemps, ne pouvait que finir au mieux, je me comprends. Elle était sur le point d'y arriver. J'ajouterais : nous étions sur le point d'y arriver. Entre-temps la péniche a levé l'ancre et ma belle histoire ne sait plus où aller…

Mon cher petit papa, Cathy m'a posé une drôle de question cet après-midi. On lançait des croûtons dans la Seine en attendant Alba. Elle m'a demandé ce que j'attendais d'une femme. Bizarre, hein ! Comme si j'étais un homme, en fait, et que j'en connaissais un rayon. Je lui ai demandé ce qu'elle attendait d'un homme et on en est resté là. Si j'avais répondu, je n'aurais plus été le fils de maman. J'aurais fait une croix sur les dix-huit ans que je venais de passer avec elle. J'aurais vraiment considéré que ma vie s'était cassée en deux, avec le bruit sec du chocolat à cuire qu'elle nous donnait après la baignade, à Cathy et moi, dans l'anse de Trémazan. Je vais quand même te dire, papa. Je n'attends rien d'une femme, d'une seule femme. Je n'ai pas envie d'avoir des enfants, d'être embêté par des mioches en bas âge, qui sont sales et qui crient, et qu'il faut constamment langer, border, rassurer après l'histoire de Ravenkel, le tueur. Maintenant, si Alba frappait au carreau de la fenêtre et me disait : épouse-moi, j'ouvrirais la fenêtre et je la suivrais dans les airs, jusqu'à la mairie la plus proche. Et grâce au mariage, je pourrais me l'envoyer jour et nuit, la chouchouter dans son bain, la coiffer, lui poser des ventouses, lui gratter le dos, lui masser les orteils, la léchouiller comme un roudoudou. Ce qui m'intéresserait, dans le mariage, c'est le roudoudou, le corps de mon épouse. Si je dis ça à Cathy, tu penses bien qu'elle me crève les yeux. Et toi, papa, tu attendais quoi, d'une femme, en épousant maman ? Allez, dis-le moi maintenant qu'elle n'est plus là. Et ne me fais pas un cours sur la famille, tu passes ton temps à la fuir, à lui envoyer des cartes postales où tu espères qu'elle va bien, qu'elle n'a pas brûlé la maison, qu'elle n'a tué personne, et que tu peux revenir en souriant.

Mon cher petit papa, je viens de m'endormir, pardonne-moi. Et de quoi j'ai rêvé ? Tu ne devines pas ? Du retour d'Alba ? Mieux que ça. De toi. Tu me racontais l'histoire de Ravenkel. Et je la vivais, cette histoire. Et c'était moi Ravenkel, le père cruel aux yeux d'Océan. C'était moi qui brandissais la hache d'absolution. Et ce n'était pas le pur-sang noir qui tombait sous mes coups, mais les deux gosses nus, transis d'épouvante, à genoux sur la terre gelée. Quel rêve ai-je fait là par ta faute ? Tu ne m'as jamais éduqué, jamais parlé. Tu n'as pas dit le moindre mot depuis que je suis né. M'as-tu pris dans tes bras, nouveau-né ? Pas un mot. Langé ? Pas un mot. Tu n'étais pas là, tu serrais les dents. Tu partais, la porte claquait, on ne savait jamais d'où tu revenais. Tu n'étais pour nous qu'un vieux magicien aux valises parfumées, le vieux sorcier d'un pays sans visage et sans voix. Es-tu capable de parler ? Pas un mot. Es-tu capable d'aimer ? Pas un mot. Tu aimes les fleurs, les coquillages, les galets, les dents fossilisées des requins, les ossements des pharaons. Tu sais tout du secret des pierres, du vent, de l'eau, des saisons. L'amour ? Pas un mot. L'amour et la mort enlacés quand deux amoureux font la paire, quand ils s'enlacent la nuit, pas un mot. Tu n'en sais rien. Que dalle. Peau de balle. C'est toi le pays lointain où tu veux sans cesse aller, où tu n'arriveras jamais.

J'ai bien reçu ta bafouille de Nouakchott et dis-moi, papa, toi qui es de sexe mâle, comme il est écrit dans ton passeport périmé, est-ce que tu trouves ça humain, ce qui m'arrive, à moi ton fils ? Je suis en deuil de ma mère, le cancer l'a flinguée, je suis en deuil et le désir me flingue. Je ne pense qu'à m'envoyer en l'air. Les copines de ma sœur, les amies de maman, les mamans dans les magasins, les voisines, les passantes, les marchandes qui vous sourient en mettant les pommes de terre dans le cornet de papier journal, regarde un peu comme elles sont gentilles avec moi. Elles ne savent que dire ou que faire pour me consoler. Elles sont belles, toutes, prêtes à donner l'amour comme la vie, à recevoir la mort le moment venu. Je voudrais tant les emmener à Hoëdic, leur montrer l'île de nos plus belles vacances, avant le départ de maman, rappelle-toi. Elles font tout pour me consoler, ressusciter la mère que je n'ai plus, elles sont mes amours, les femmes de ma vie. Rien que d'y penser j'ai le sexe en feu, je sais que la formule te plaira, à toi qui ne dis jamais Sexe *mais* Éros. *Je t'embrasse mon cher petit papa, je m'endors à nouveau. Je pourrais aller mieux, j'avoue, mais j'apprécie d'avoir dix-huit ans, d'être saoul, d'écrire à ma table avec l'impression que jamais ne se tarira la source vitale en moi, qu'il me suffira d'attraper mon stylo pour détraquer la plus retorse des pendules et relancer où je veux le cours de ma vie. Rassure-toi, cette lettre n'est pas destinée à tomber entre tes mains. Je vais la mettre sous enveloppe, cacheter l'enveloppe, la timbrer, choisir une adresse au petit bonheur, dans le bottin, la poster au bout du monde et l'oublier. La vie m'appelle, ou plutôt ce qui me sert de vie. Le sommeil, l'oubli.*

Tu m'entends ? Non, pas un mot. Des mots comme à l'université, des mots nés dans un dictionnaire et jamais dans la vie. Des mots entre guillemets. Étonne-toi si l'on ne se comprend pas. Et si je versais d'abord une petite larme à ta santé, une larmichette aurait dit maman. Allez bonsoir, papa, elle est versée. Et si jamais tu fais ta nuit dans les bras d'une jolie négresse, je suis sûr que tu penses à la femme de ta vie, à maman, et maman la bénit. Et la jolie négresse ne t'en aime que plus tendrement. Partage cette larme avec l'une de ces femmes dont nous avons tant besoin pour aimer la vie qu'elles nous ont donnée. Et dors bien, mon cher petit papa qui ne donne rien. Parole d'un fils ingrat qui t'aime à la vie à la mort,

Marc,
Le p'tit vieux

P.S. : Cathy a beaucoup aimé sa pizza quattro formaggi, *même si elle a tout rendu. Moi je trouve qu'une calzone vaut mieux qu'un gigot à l'ail. Comme j'ai dépensé tout l'argent que tu avais laissé dans la soupière, on n'a pas de quoi retourner demain soir à La Mama. Je vais donc vendre* l'Encyclopedia Universalis, *elle est bien cachée derrière la muraille des* Littré, *tu n'en sauras jamais rien. J'espère que le libraire de la rue Guénégaud fera un effort. Je vais m'amuser, pour coltiner tous ces volumes dans le métro ! Il me faudra bien deux valises. J'irai voir à la cave. Pourquoi je te raconte ça ? Pour prolonger ce moment de confiance unique avec toi. C'est si beau, si rare, le dialogue harmonieux d'un père et d'un fils.*

12.

Bien calé sur la moleskine, je surveillais l'entrée du bar en sirotant mon deuxième tango panaché quand il arriva par l'escalier du sous-sol. On ne s'était pas vus depuis des jours. Pour nous c'était beaucoup. C'était la brouille. Elle est là, on n'en sort plus, elle dure des siècles, elle a un goût de sang. Le courrier bizarre qu'il m'avait fait passer n'arrangeait rien. Je n'avais aucune sympathie pour son Polo. C'était moi, ce n'était pas moi, c'était un idiot doublé d'un couard. Et la scène d'amour entre Tomi et Mira, tout voyeur que j'étais, j'aurais préféré ne jamais l'avoir lue. Pour l'accueillir j'avais préparé quelques mots bien tournés que je n'eus pas l'occasion d'articuler. Le ping-pong de la réfraction simultanée m'en empêcha. A peine j'eus vu l'ami Tim croître et se multiplier dans les vieux miroirs fendillés qui se faisaient de l'œil à travers la salle, que je me reconnus en face de lui, bien calé sur la moleskine, sirotant un tango panaché, le deuxième de la matinée.

Il me tendit la main.

– Salut, Marc.

– Salut, vieux.

C'était peut-être les mots que j'avais préparés. Sur un ton plus mordant. J'étais vexé à mort de sa liaison avec Cathy. Je ne m'étais aperçu de rien. Ces deux-là m'avaient roulé dans la farine et trahi, au pire des moments, je ne leur pardonnerais jamais et dans la lettre de Tim, si l'on pouvait appeler ça une lettre, je n'avais rien lu de très sympathique à mon sujet.

– Toujours amis ?

– Pourquoi ?

– Alors tant mieux. Où est ta sœur ?

– Elle n'a pas voulu venir.

– La prochaine fois préviens-la, fit-il avec un clin d'œil.

Il gardait ma main dans la sienne, restait debout. Il me souriait, très à l'aise, un peu trop à mon goût. Depuis un an sa tante Matilda ne lui filait plus un rond. S'il voulait se fringuer correctement, avoir les coudes au chaud sur la nappe des restaurants, il devait se démerder, bosser comme un grand. Je voulais bien compatir à ses ennuis matériels, mais qu'il paraisse d'abord entamé par les restrictions, que son charme en prenne un coup. Tout mochard que fût son blouson, et fripée sa chemise blanche Oxford, Tim avait son grand air habituel. Il semblait tenir le premier rôle d'un film où le héros traverse une mauvaise passe et porte avec brio des affaires usagées, soigneusement chiffonnées en atelier. Il me regardait. Il s'était fait ma sœur durant des années, en douce, à la sauvette, à la pirate, et il osait me narguer :

– Ça va, toi ?

– Il y a des jours avec…

– Phrase de vieillard, dit-il en s'asseyant brusquement. Excuse-moi, j'étais aux chiottes.

Qu'est-ce que j'en avais à foutre !… On se voyait pour s'expliquer, parler d'une petite miro dont j'estimais qu'il avait abusé honteusement. Après ce qu'il m'avait écrit, j'avais de quoi l'abonner aux oranges du parloir un paquet d'années, l'enfoiré. Détournement de mineur, qui plus est handicapé, ça va chercher loin.

– Alors, c'est arrivé comment ?

– Paella en boîte… J'ai bien senti que les crevettes faisaient la gueule, mais quand on a les crocs.

– Je ne te parle pas de ça, vieux.

– Moi si, dit-il en se levant. D'ailleurs c'est le moment de partir sans payer. A mon signal tu prends tes jambes à ton cou.

Je crus avoir mal entendu.

– Et dépêche-toi, reprit-il.

– Qu'est-ce que tu as foutu ?

A ce moment-là, surgissant des miroirs, je vis deux flics se dépêcher vers l'escalier du sous-sol, la main sur la matraque. Derrière eux trottinait le petit serveur à gilet noir, un limonadier battant contre sa cuisse.

– C'est trop beau, s'écria Tim en détalant, n'oublie pas ton verre.

Je bondis à mon tour, envoyant promener le tango panaché sur la banquette, furieux mais nullement surpris. Tim attire la police, c'est plus fort que lui. C'est son violon d'Ingres, la police, un art mineur qu'il pratique avec délectation depuis l'enfance. Un surdoué du désordre public avec appel au secours. On dirait qu'il éprouve un émoi sexuel quand les flics déboulent à pleins fourgons, toutes sirènes hurlantes, et qu'il n'est que temps de n'être plus là.

Quelques instants plus tard, nous nous tenions les côtes à la terrasse du Réveil de Passy, devant deux tangos panachés.

– … Il y avait un gros con dans les chiottes quand je suis descendu, m'expliquait Tim. J'avais beau frapper, il refusait d'ouvrir.

– Tu m'en diras tant.

– J'ai dû casser la porte…

– Non.

– … et lui, bien obligé, je lui ai cassé la gueule pour le sortir de là.

– Et après ?

– Je l'ai remis sur la cuvette, il dormait comme un loir. S'il faisait semblant, c'était bien imité. Qui dort dîne.

A la quatrième tournée je n'en voulais plus à Tim de rien. N'était-ce pas lui mon éternel complice, mon hors-la-loi préféré, l'homme grâce auquel j'oubliais mon père et son besoin d'exiger, de châtier, d'humilier !

– Moi aussi je voulais te parler, dit Tim.

– Je sais, vieux, on a le temps. On est là pour ça. Tu bosses en ce moment ?

– Je donne un coup de main, ouais. C'est pas cher payé.

– Un coup de main ?

– Aux urgences. Une copine m'a trouvé ce job. C'est déjà mieux que rien.

Une copine, évidemment. Encore une fille à la rescousse de Tim. Ce n'est pas Alba qui m'aurait trouvé un job au dispensaire. Depuis la veille elle m'obsédait moins. Je commençais à me détacher. Je voulais seulement dire « je t'aime » à la première venue. Et je l'aimerais, d'ailleurs, du même amour que j'éprouvais pour Alba, total, exclusif, passionné, désespéré. Le plus grand chagrin métamorphosé par les sens en plus grand amour que la Terre ait porté. Une conception très personnelle du deuil, mais à chacun sa planche de salut.

– … Et justement, Marc, il faut que je te parle de ça. Ça te concerne.

– Excuse-moi, vieux, c'est moi qui t'ai appelé, et c'est moi qui parle en premier. J'ai bien lu ton espèce de bluette à épisodes, et j'en ai pris plein la gueule. Au moins autant que ce pauvre mec auquel tu n'as même pas remonté son futal.

– C'est une fiction.

– C'est une fiction qui décrit la vérité, tu le sais très bien. Tout est une fiction, ce tango panaché est une fiction, ton flingue est une fiction sous les endives, ma sœur est une fiction, tu es une fiction, et moi je suis le plus fictif de tous, mais quand la fiction dit la vérité ça fait mal. Le mal est une fiction qui fait mal, on n'y peut rien. Et le personnage de Polo, franchement, comme pauvre type. Mieux vaut s'appeler Tomi, dans ta fiction. Bref, on oublie ta prose, c'est des enfantillages cruels et j'ai beaucoup mieux à voir avec toi. Qu'est-ce que tu dirais d'une petite expédition punitive ?

– Je dirais : vas-y toi-même.

– On ira ensemble.

Je tenais l'événement du siècle. Mon cœur battait, les mots s'empêtraient dans ma bouche et j'avais du mal à parler. Dans une seconde mon pote allait fulminer.

– Tu ne vas pas t'énerver ?

– Parole de menteur.

Je retins ma respiration.

– Ma sœur… Je sais qui l'a mise enceinte, l'an dernier. Le mec est mort si papa l'apprend.

Tim ricana.

– Ton père est comme toi. Il ne ferait pas de mal à une mouche. Le violeur de sa fille, il le prendrait sur le fait qu'il appellerait les pompiers. Et ensuite il chercherait un bon avocat. C'est ça les honnêtes gens… Et c'est qui, ton dégénéré ?

– Le sous-directeur du Centre éducatif. Le mec a cinquante balais, il est marié, père de cinq enfants. Ce fumier n'arrête pas d'appeler à la maison. Je parie qu'il la fait chanter. Non content d'engrosser une petite aveugle pendant le service, il la menace…

Tim m'attrapa l'oreille si fort que j'en eus les larmes aux yeux.

– Il tire son coup par téléphone, je vois. Sans mettre une capote sur l'appareil. Et ta sœur ramasse tout, il lui fait des petits dans l'oreille… Ton père rentre quand ?

– Ce soir.

Tim semblait contrarié.

– Sois gentil, Marc, ne lui raconte pas ce genre de conneries. Tu peux faire beaucoup mieux pour l'intéresser, crois-moi.

Et subitement Tim eut d'autres chats à fouetter. Il avait rendez-vous avec son job, aux urgences. Il jeta un billet sur la table et s'éloigna.

– Et c'est où ?

– Oh tu sais, fit-il par-dessus son épaule. D'ailleurs non, tu ne sais pas.

Je suis arrivé dans l'appartement silencieux. Je me suis mis au piano. J'ai joué l'air de Schumann, ou de Brahms que ma mère avait arrangé pour moi, la plus sentimentale des romances. Petit, Je me cachais sous le piano et pleurais à gros bouillons. Je voyais les pieds de maman sur les pédales et ses genoux. Derrière la porte fermée à clé, mon père se fichait de moi, une madeleine, une poule mouillée…

Lorsque le téléphone a sonné j'ai continué à jouer. Puis le répondeur s'est déclenché et mes mains se sont immobilisées sur le clavier. Je réalisais l'incroyable, j'entendais sa voix ! « Allô, Marc ? C'est moi, c'est Alba. Il y a longtemps que l'on ne s'est pas parlé. Ça me fait drôle de t'appeler. Je veux te dire quelque chose et je veux te le dire moi-même avant que tu l'apprennes par quelqu'un d'autre. Avant que tu l'apprennes par hasard et que tout soit déformé. Je vais te rappeler mais voilà le numéro où tu peux me joindre. Tu sais, Marc, j'aimerais te voir le plus tôt possible. Et si tu es libre aujourd'hui je t'emmène à la mer… »

13.

Du plaisir d'aller à la mer ou de revoir Alba, je ne sais lequel narguait l'autre. Aucun. Le doux mélange des sensations désirées, agréables à la peau comme à l'idée que nous caressons d'un bonheur simple, enfantin, auquel nous aspirons et qui changerait tout, pour commencer bibi. Il ne demande qu'à changer, bibi. Qu'à s'améliorer. Qu'à te rencontrer, t'émerveiller. La cabane au Canada. L'ombre du cocotier sur l'îlot désert, bien au chaud sous les tropiques. Le ventre de la baleine aménagé en isba douillette, en auberge de voluptés et de retrouvailles, en lit-clos dans une étable obscure, à deux pas du ciel étoilé. Il suffirait, pensons-nous… Il suffirait d'une liasse atterrissant dans ma boîte aux lettres. Il suffirait d'un lingot d'or sur mon paillasson. Il suffirait qu'une vieille milliardaire anonyme en son lugubre château fasse de moi son légataire universel…

Il ne suffirait pas, non, et Dieu sait pourtant que j'aime l'argent, comme tout un chacun. Je ne l'aime pas, j'en ai besoin, et les grands aventuriers du fric aux basques joufflues me donnent mal au cœur. L'argent m'ennuie mortellement, il m'effraie. Il n'y en a jamais eu chez nous. Mon père, esprit fort mais dépourvu de sens pratique, ne se plia jamais à sa loi. Maman nous a très jeunes habitués à cette ironie du sort. Nous étions des pauvres socialement en vue, jouissant d'un confort qui trompait son monde, habitant un grand appartement grevé d'hypothèques. On vivait à la bonne franquette, entourés de meubles anciens prêtés par ma grand-mère, équipés de bric et de broc, éclairés par des lampes aux abat-jour gondolés, arrosés par des robinets qui fuyaient, l'eau chaude hurlant à la mort dans les murs avec un gémissement de coyote sodomisé par un loir : les chaises vacillaient, le frigo tombait régulièrement en rade, le saphir du Pathé Marconi crissait sur le vinyle, le métronome perdait son temps à qui mieux mieux, l'aspirateur Birum faisait office de sèche-cheveux, le Beckstein attendait stoïquement le diapason de l'accordeur – indispensable, disait papa, trop cher, disait maman. C'est un accordeur aveugle ! ululait Cathy, je ne veux pas de ça chez moi. On était riches, on n'avait pas le sou, on mangeait des nèfles au bout du mois. Il suffirait ?... Il ne suffirait pas, non, que l'argent tombe des nues sous la forme d'un chèque faramineux baguant la patte levée d'un cormoran, messager du père Noël. Le bonheur est plus doux, plus tendre. Il aurait suffi que la maison ne soit pas plus riche qu'elle n'était, maman pas mieux coiffée, Cathy pas plus voyante et moi pas mieux habillé (jamais une chemise en Nylon). Il aurait suffi d'inverser le cours des choses à temps, de raccommoder le balancier du métronome et de respecter enfin l'accord d'une illusion chuchotée dans l'enfance, à la lueur des bougies, par la voix des fées dans les contes et légendes. Il aurait suffi que tout arrive à son heure ainsi qu'il est promis : les aînés s'en vont en premier, les grands-parents avant les parents, les parents quand leurs enfants procréent, et la chronologie voulue par le bon Dieu reprend à la vie des vieillards un tantinet diaphanes et pareils aux passeurs chenus des fabliaux. On se console avec des mots, la longue vie qu'ils ont eue, la mémoire d'Épinal qu'ils emportent avec eux dans cette fin qui n'achève rien. Les enfants ? Ils ne sont pas entraînés par le courant. Ils ont pour eux la vie, toute la vie tel un horizon qui prend ses distances au large et s'y tient. Il suffit d'être différent d'un mot, parfois, différent d'un oui. Il suffirait d'un mot, d'un clin d'œil, pour être moins seul que ne l'est toute la vie quand on hésite à se méfier d'elle. Il suffit d'un rien pour être aimé, sauvé, pour que Dieu soit bon. Mais il est spécial, celui qui nous aime et nous prétend à son image, comme si chaque jour il s'enfermait à clé dans les waters, lui, et tirait la chasse. Le fait est qu'il bannit de son champ de vision, et du nôtre, tout ce que l'existence humaine a d'un peu ringard, humiliant, et je suis poli. Il est bâti pour le reproche, ça va comme ça.

Elle était venue me chercher boulevard Delessert. Une Caravelle rouge décapotée. Cathy m'avait donné sa bénédiction pourvu que je lui fasse un rapport détaillé, le plus croustillant possible, et pas trop tard s'il te plaît. A papa, s'il téléphonait entre-temps, elle raconterait que j'étais descendu aux poubelles, ça te va, les poubelles, comme alibi ?

Nous avions roulé toute la matinée vers la côte sud, et maintenant nous étions à la mer, nous pique-niquions.

Mon Sud préféré, avait dit Alba, le Morbihan, on sera tranquilles pour se baigner. Je croyais que tu n'aimais pas la mer ? Ça dépend avec qui. Là où je t'emmène il n'y a rien, pas une baraque sur des kilomètres, on est dans les dunes et dans le bleu, tu vas voir ça. J'avais pu frimer et piquer dans son azur morbihannais le grain de beauté d'une île où mes parents louaient la maison-phare des Ponts-et-Chaussées, l'été, où j'aimerais bien l'emmener. La prochaine fois. Dans un mois, dans un an. Elle n'avait pas répondu. Sa robe à fleurettes lui remontait haut sur les cuisses. Elle avait deux genoux merveilleusement polis et dorés qui me rappelaient l'adolescente africaine aux seins pointus. Pour conduire elle avait enlevé ses baskets blanches et régulièrement j'apercevais des ongles roses au-dessus des pédales. La décapotable ne lui appartenait pas. Elle n'appartenait pas davantage à Domi qui nous la prêtait. C'était ça ou une grosse chiure de Rolls…

On n'avait pas dit grand-chose hormis les propos techniques sur la route à suivre en arrivant à l'Océan. Et d'ailleurs, j'avais la cervelle incroyablement désœuvrée. Ne rien trouver à lui dire me fichait un léger mal de tête, aggravé par le fait qu'elle ne disait rien non plus. Comment va le boulot. Comment vont tes parents. Pardon : ton père. Ta mère a cramé, je sais, désolé. Comment vont les prises de sang, les garrots, les thermomètres, le daquin, les cathéters, les urgences… Infirmière à domicile tu y as pensé. Moins de sécurité, davantage de liberté. Infirmière dans l'Asie des famines, infirmière au combat, infirmière en prison… Ça bouillonnait dans mon cerveau, ça jouait aux quatre coins, ça désirait Alba, ça triquait. J'étais pour elle un dormeur, pas un amant. Un dormeur, un frère d'oreiller, d'édredon, M. Dodo. Quinze jours s'étaient écoulés depuis notre dernier sommeil à deux. On ne se connaissait plus. D'un homme, tu attends quoi. De moi. De nous deux main dans la main cheminant le long des galets vers une maison basse où nous attend une peau d'ours au coin du feu. Je ruminais tout bas une phraséologie d'amoureux brûlant de savoir où il en est, si les cuisses dorées vont enfin s'ouvrir et les seins pointus frissonner pour lui… C'est une petite blondasse insignifiante et je me suis fourvoyé dans une histoire qui va faire bien marrer Tim.

– J'ai un pote, faudra que je te le présente. Un type d'enfer, c'est la communauté masculine à lui tout seul, pour moi, ce mec, mon frère d'armes. Un pote me suffit, pas besoin de toute une confrérie. Il s'appelle Tim. Il s'appelle Timothée mais on l'appelle Tim. Son père était chasseur d'alligators, et tu sais comment il est mort ? Il s'est fait mordre à l'œil par une vipère, en conduisant…

Je pisse dans un violon. Blondasse et même pas jolie. Maintenant que j'en ai conscience, je vais pouvoir l'oublier tranquillement. Je vais me consacrer à moi, à ma vie, aux autres femmes de ma vie.

– Ma sœur aussi, elle mérite le détour.

– L'aveugle ?

– L'aveugle, oui, mais comme elle dit elle n'a pas les yeux dans sa poche… Elle te voit une fois, enfin elle te rencontre, elle sait tout de suite à qui elle a affaire. Et son frère c'est sacré, elle ne le laisse pas entre toutes les mains.

D'où revient-elle pour être aussi bronzée. Elle fait exprès d'écarter les jambes en conduisant. Elle s'est parfumé l'intérieur des cuisses, peint les ongles, elle me cherche. Elle me plaît à mort. On n'irait pas si loin pour se baigner si je ne lui plaisais pas aussi.

Cinq cents kilomètres d'un silence gêné, émaillé de banalités, avec le bruit de batteur à œuf du moteur derrière nous. Elle avait quelque chose à me dire et je devais l'apprendre de sa bouche. Cela signifiait qu'une autre personne était au courant et que je la connaissais. Une relation commune. Il y avait bien ma sœur, mais elles ne s'étaient vues qu'une fois, au dispensaire de la rue Desnouettes, quand j'avais tourné de l'œil.

D'un joli sac de plage à rayures blanches et bleues, orné d'une ancre marine, Alba sortit deux pizzas bien enveloppées d'aluminium, faites maison, des calzone confectionnées spécialement pour moi. Elle s'était même renseignée auprès d'un copain italien pour la recette. Évidemment, chaud, ce serait meilleur. Et le rosé, frais, serait meilleur aussi.

– Disons que ça change, bafouillai-je.

Et disons que toi tu ne changeras jamais, patate !

Cependant que j'ouvrais la bouteille, Alba déboutonna sa robe et fut en bikini blanc. J'en émis une espèce de gargouillis involontaire. Elle me plaisait mais j'avais oublié à quel point. Autant elle semblait mince, voire menue, dans sa blouse d'infirmière, autant déshabillée, quasiment nue, c'était une autre, une merveille arrivée tout droit du jardin d'Éden, l'ennemie jurée de ce triste sire, le bon Dieu.

– Dis donc, n'en profite pas pour mater mon nombril.

Elle disparut derrière ses lunettes de soleil en polaroïd et s'agenouilla sur une grande serviette rouge tomate, face à moi.

– Tu n'as pas un peu chaud ?

Qu'elle se moque ou non, j'eus le courage ou l'insolence de m'exhiber en maillot de bain, puis, gauchement, je tombai à plat ventre sur la serviette rouge qu'elle m'invitait à partager.

– Mange, dit Alba.

C'était pour moi, les pizzas, elle n'avait pas faim. Cela faisait plusieurs jours. Oh, ça reviendrait, c'est mental, l'appétit… Je lui servis un gobelet de rosé qu'elle enfouit à moitié dans le sable, après avoir bu. Devant nous c'était la mer couleur des yeux d'Alba. Couleur de tous les pyjamas d'Alba. Mariant le bleu, le vert, l'or, sous un ciel gris. Et la mer avait le parfum d'Alba qui respirait à mon côté, étendue les yeux à moitié clos, la joue sur l'avant-bras.

– Moi non plus, dis-je après deux bouchées, je n'ai pas faim.

– Ce n'est pas bon ?

– Avec la chaleur, on a surtout soif.

– Sûrement la chaleur.

Nous déjeunions sous les dunes clairsemées de hautes herbes ondulantes. Personne ne pouvait nous voir, excepté les mouettes suspendues oscillantes au-dessus de nous dans l'air brumeux. J'en étais à mon troisième verre de rosé. L'alcool et cette lumière écrasante et douce, comme alcoolisée par l'air marin, me chauffaient les sangs. L'isolement total de notre tanière océanique exaspérait une fringale sexuelle impossible à mettre en veilleuse. Mon sexe me torturait, débordait du slip. La douleur irradiait le long des cuisses, montait vers le nombril. Si ça continuait, j'allais périr d'asphyxie génitale. C'était comme se remplir les poumons sans les vider. En attendant, je restais prudemment plaqué sur le ventre avec l'impression de dissimuler un couteau. A quelques centimètres, je voyais les jolies mains d'Alba pétrir le sable fin, le ramasser à poignées qu'elle faisait couler entre ses doigts. Nos esprits vibraient à l'unisson, j'en suis sûr. Elle espérait un signe de ma part, moi aussi. Je la suppliais tout bas de frôler mon épaule, de m'effleurer, pour que j'ose enfin la poignarder entre les jambes avec mon phallus et la dévorer jusqu'à la dernière particule de sa peau, membres emmêlés, bouche contre bouche, à n'en plus pouvoir respirer.

– Tu es en train de brûler, Marc.

Elle se mit à califourchon sur mes reins et je sentis la fraîcheur d'un jet de crème sinuer entre mes omoplates, longeant ma colonne vertébrale en un chatouillis si caressant que j'eus la chair de poule.

– Tu es chatouilleux, dit Alba en riant, c'est une qualité rare chez les garçons, les filles adorent ça.

Et elle souffla longuement sur ma nuque, à la racine des cheveux, j'en frissonnai de nouveau.

Tout en me tartinant les épaules, elle me présenta ses excuses, pour l'autre jour, elle ne savait pas comment s'y prendre, elle pensait que je ne lui pardonnerais jamais, d'ailleurs j'avais fait la tête pendant tout le trajet. Il n'était pourtant rien arrivé que par ma faute, indirectement. Je l'avais épiée par-dessus les géraniums, j'avais tourné de l'œil au dispensaire, et nous nous étions revus. Nous n'avions aucune affinité mais nous aimions dormir ensemble et nous raconter l'histoire de nos vies. Magiques, ces conversations entre deux inconnus qui ne s'embrassent pas, ne font pas l'amour ensemble, et se côtoient comme mari et femme. Ils font beaucoup mieux : ils échangent leurs souvenirs, ils se montrent leurs âmes, et c'est gratuit. Elle m'avait dit sur sa mère et sur leur accident des choses qu'elle n'avait racontées à personne, et d'ailleurs jamais formulées. Par ma faute, ou grâce à moi, elle avait repensé à cet homme, à ce pompier qui les avait sorties du feu, sa mère et elle, pour la mettre au monde sur une civière d'ambulance. Un sauveur. Elle n'avait eu rien de plus urgent que le retrouver. Elle était un peu folle, c'est vrai, on le lui avait assez reproché. Elle suivait ses impulsions avec une sincérité aveugle, et ça ne plaisait pas à tout le monde. Le temps de prévenir le dispensaire et elle était partie s'installer dans une petite auberge entre Versailles et Dreux, Le Clos Saint-Antoine. Elle y était arrivée le soir où elle avait rendez-vous sur la péniche, avec Domi, si tu te souviens.

– Tu n'étais pas sur la péniche ?

– Je ne peux pas être partout.

Mon cœur s'est emballé. Pas d'Alba sur la péniche, ouf. Le hublot s'est brisé dans ma tête et la bacchanale entre fourrure et miroir dissipée comme une buée. J'avais échappé au ridicule, en voiture. Il s'en était fallu d'un cheveu que je lui jette à la figure cette petite phrase qui me poursuivait : je t'ai vue l'autre nuit, par le hublot, j'étais sur le quai…

– J'avais l'impression que cet homme avait connu ma mère, et que si je le retrouvais il me révélerait je ne sais quoi sur elle, sur moi, mon père est tellement secret. C'est un menteur, mon père, il faut que tu le saches. Ensuite je serais allée mieux, j'aurais pu faire mon deuil de cet accident, tout ça. Tu as cette chance que je n'ai pas, toi. Ça me rend un peu jalouse.

Ses mains allaient et venaient sur mon dos, câlines, pulpeuses, insistantes. Elles n'étalaient plus la crème, elles massaient mes épaules, mon cou, elles descendaient jusqu'à l'élastique de mon maillot. J'en ronronnais, partagé entre le désir que ça n'arrête jamais et l'envie de proposer à mon tour une petite séance de crème hydratante. Elle ne pourrait pas dire non. Il y aurait le soutien-gorge à dégrafer. Soutien-gorge dégrafé : femme au bord du forfait.

– Et ça t'a pris quinze jours ton Clos Saint-Antoine ?

– J'ai sillonné la France, j'ai refait tout son parcours, toutes ses affectations. En pure perte, il a disparu.

Elle m'appliqua une tape vigoureuse sur les fesses, une tape d'infirmière avant la piqûre.

– Et si on se baignait, dis donc. Tu sais nager ?

Je me redressai sur les coudes, vaguement étourdi, le regard flou. J'allais répondre quand je vis un mirage.

Imaginez un peu ma situation, d'ailleurs vous la connaissez. J'ai perdu ma mère, j'ai dix-neuf ans, un père psychorigide, une envie folle d'embrasser Alba, de l'embrasser avant toutes choses, et pour ne rien vous cacher je n'ai jamais vraiment contemplé une fille nue, dans le plus simple appareil, disait maman, pas même la nymphette scandinave aux lèvres goulues, pas même Edwige qui se laissait prendre allongée, lumière éteinte, le drap à portée de main. Je suis vierge de la plus belle vision qui puisse enchanter l'œil quand je vois le soutien-gorge d'Alba tomber sur le sable, devant moi, et mon amour s'extirper en se tortillant d'un slip blanc qu'elle me lance à la figure avec un bon rire :

– Allez, gros lard, à la patouille, enlève ton caleçon.

A ces mots j'éprouve un mélange d'affolement et de bonheur animal. Je ne respire plus, je bois l'air à la régalade, par grandes goulées irrégulières qui m'étouffent, je vais choir d'hyperventilation. A une longueur de bras je regarde incrédule ce que je pensais ne jamais voir ou dans tellement longtemps : le jeune corps d'une fille aux seins dodus et satinés, aux insolentes petites pointes foncées, avec un ventre lisse et rond, orné d'un nombril aussi doux qu'un clin d'œil et d'une toison pubienne adorable de symétrie, triangle parfait couleur de miel.

Je restai bouche bée, médusé, quand elle pivota pour détaler vers l'océan.

– Le premier plongé gagne…

Je n'entendis pas les derniers mots. Et le mirage se poursuivit avec le spectacle d'Alba courant à la mer, la croupe tressautante, pour se jeter à l'eau dans une grande gerbe d'éclaboussures.

Vous pensez quoi ? Que je l'ai rejointe aussitôt, ventre à terre et langue pendante, baïonnette au canon ?… L'excitation me clouait au sol. J'ai fait trois pas en avant et je suis revenu boire du rosé, au goulot. J'ai attendu que l'alcool avalé d'un trait me sonne les cloches pour songer à baisser mon caleçon, à l'enlever. Et je suis resté planté sous le ciel de nacre, offrant mes avantages à la vue des mouettes et des chérubins, me demandant si c'était bien Alba, au loin, ce point scintillant ballotté par la houle. Elle nageait bien, elle avait à cœur de nager. Elle était nue dans l'eau bleue. Je pouvais librement l'accompagner dans sa nage à présent que la péniche n'était plus qu'un leurre auquel j'avais accroché mon orgueil. J'étais soudain fier d'être à poil et musclé devant cette gigantesque Nature qui m'ouvrait les bras.

J'arrivais au bord de l'eau quand elle en sortit, rieuse, haletante. Elle essora sa chevelure dans la mer et je vis du soleil étinceler à travers les gouttelettes qui retombaient en pluie. Il fallut bien qu'elle avance à ma rencontre…

Elle papillonna des cils, se mordit la lèvre inférieure.

– Oh Marc, tu as vu ?

– Quoi ?

– Mais tu as une… Menteur, je suis sûre que tu l'as vue.

– Ah, tu veux dire… Mais bien sûr je l'ai vue.

– Dis donc, la Nature t'a gâté.

Elle attrapa mon sexe un instant, le pressa dans sa main froide et soudain partit en courant, le rire à la bouche, me mettant au défi de la rattraper. Je bondis à ses trousses et deux secondes après nous pouffions en roulant comme des idiots sur la serviette rouge, et j'enfonçais ma langue à travers des rires salés par la baignade, je lui disais mon amour, gémissais, je t'aime Alba. La vie commençait. Je pouvais retourner voir ma mère au ciel. Et l'aurais-je croisée sur la plage, entre sa fille et son fils, deux marmots armés l'un d'une épuisette bleue, l'autre d'un seau rouillé, que je n'aurais pas été surpris.

Mais tout cela est faux, ma mère n'est pas apparue débarquant d'un nuage potelé, pas plus qu'Alba ne s'est arrêtée à ma hauteur après la baignade, ne troublant en rien mon tête-à-tête avec l'horizon. Je me suis baigné, c'est vrai. J'ai nagé quelques brasses avec l'espoir qu'elle me regardait, pour lui faire plaisir. Et je crevais d'impatience en pensant : dans moins d'une minute nos deux corps nus seront enchevêtrés au soleil.

Elle était rhabillée quand je suis remonté vers la dune. Elle m'attendait, visage fermé, me présentant la serviette rouge comme une muleta.

– Il faut rentrer.

– Déjà ?

– Je dîne chez mon père à Montrouge. Je suis déjà en retard.

– On devait parler.

– On parlera en route.

Deux cents kilomètres plus tard elle n'avait pas desserré les dents. Ses polaroïds lui donnaient un air froid, un air inhumain.

– Tu avais quelque chose à me dire.

– Pourquoi ?

– Je n'en sais rien, je te cite.

Et vingt kilomètres passèrent derrière nous, dans un bruit de batteur à œuf et de crincrin radiophonique.

– Tu n'as rien à me dire ?

– Je t'ai tout raconté.

Encore du silence, encore des kilomètres.

– Et c'est tout.

– Pourquoi ?

– Arrête avec ce pourquoi. Après ton dîner, je peux dormir chez toi ?

– Je vais rester à Montrouge. Je passe le week-end chez papa.

Je la sentais fuyante, et j'imagine que de son côté elle me trouvait insistant, collant.

– Pourquoi tu ne parles pas ?

– Je n'ai rien à dire.

Chacun s'absorba dans sa rêverie. J'étais obsédé par son corps nu. Ce corps habillé d'une robe était un corps nu. Cette robe enfermait un trésor de nudité, les seins, les fesses, les poils mordorés d'Alba, son nombril d'enfant. J'avais chaud sous les mains, un besoin fou de poser cette chaleur sur les cuisses d'Alba.

A Versailles je n'y tenais plus. Je lui pris la main fermement sur le volant.

– Caresse-moi s'il te plaît.

– Ah là là, fit Alba en hochant, et elle dégagea sa main.

– Tu me l'as bien demandé, toi.

– Je regrette.

Son regret m'accabla.

– Nous deux, ça devient quoi ?

Elle resta muette, impassible. Je dus répéter ma question plus fort. Sa réponse me déconcerta.

– Tu te rappelles, un soir, je t'ai dit…
– Je me rappelle chaque mot.
– … que j'étais sur le point d'y arriver.
Mon cœur a bondi. J'allais enfin savoir ce qu'elle entendait par-là. J'allais recueillir la primeur du secret d'Alba, qui s'interposait entre elle et l'amour. Et j'en étais sûr, ce serait bête comme chou, je me dirais : Comment n'y ai-je pas pensé plus tôt ? Je m'étais pressuré les méninges, j'avais mille fois terminé la phrase qui commençait par : Je suis sur le point d'y arriver…
D'arriver à désirer un garçon.
D'arriver à embrasser un garçon.
D'arriver à me déshabiller devant un garçon.
D'arriver à caresser un garçon, à me laisser caresser par lui, pénétrer par lui.
D'arriver à lui dire je t'aime.
D'arriver à faire l'amour sans vouloir le chasser.
De quoi pouvait-il s'agir d'autre ? De quoi, sinon d'elle au contact de l'amoureux pour qui l'amour se prouvait par l'amour, en faisant l'amour ? Et pourtant j'aurais mis ma main au feu que la réponse était à des années-lumière de toutes mentions que j'avais ressassées.
– Je me rappelle, c'est le soir où tu m'as demandé de te caresser.
– Je serais toi, j'oublierais.
Et subitement elle retrouva la parole, enchaîna des phrases normales.
– Ça n'irait pas nous deux. On n'a aucun point commun et on finirait par s'attacher. On est jeunes, on a tout le temps… Tu as besoin de t'amuser, tu es comme tous les mecs. Ça me fait peur, une relation suivie. Je ne suis pas prête, je suis tellement sentimentale. Et puis je vois bien que toi tu es à fond dedans…

Des syllabes, du vent. Elle m'avait téléphoné ce matin comme une perdue. La mer, la baignade à poil, c'était du vrai, et c'était vrai, nos rires, quand on se poursuivait à la plage en s'arrosant de pinard, chacun sa bouteille.

– Comment tu savais que j'aimais les calzone ?

– C'est une pizza chausson, une pizza doudou, c'est très mec. Je n'en savais rien.

Elle se trompait, elle m'aimait.

– On était partis sur autre chose, Alba, nous deux.

Elle sourit :

– Disons que je suis revenue... Je voulais tellement y arriver.

Moi aussi. Pour une fois nous étions d'accord, en pleine affinité. Je voulais absolument y arriver. J'en avais assez d'être malheureux. Je ne voyais rien qui s'opposât à nos amours. Nous étions liés par quatre nuits et petits déjeuners, par tous mes regards à travers les géraniums. J'étais prêt à l'aimer si longtemps que nos vies n'y suffiraient pas. Le destin aurait bien du mal à se faufiler jusqu'à nous. Elle n'avait qu'à se montrer généreuse, conciliante, l'attirance viendrait à l'usage. A Trémazan, vers huit ou neuf ans, j'avais convaincu la fille de la boulangère qu'elle m'aimait, et bien sûr d'un amour éternel, avec noce et beaucoup d'enfants. En récompense, elle m'avait donné la main pendant toute une séance de ciné-club, à la crêperie du village, cependant que Néron grattouillait sa lyre au spectacle de Rome en flammes. Et les cendres fumaient encore au-delà du mot FIN, qu'elle avait rejoint son petit ami, le fils de la crêpière, un rang derrière nous. Sa main n'avait fait que changer de main. Elle n'était jamais retournée dans la mienne, et j'avais compris ce soir-là que l'amour ne se quémande pas, ne s'offre pas. C'est la grâce des dieux. Néron lui-même n'y pourrait rien.

– On peut en discuter si tu veux.
– On vient d'en discuter, c'est bien comme ça.
– Et pourquoi on est allés à la mer ?
– Pour se baigner.
– On était à poil…
– C'est la tenue qui te va le mieux.
Et d'une voix lasse elle m'avoua qu'elle était amoureuse, au moins autant que je pensais l'être d'elle, amoureuse à crever.
– Tu es amoureuse ?
– Oui.
Une seconde je crus qu'il s'agissait de moi.
– Eh bien c'est génial.
Plus un mot. Un pleur mouilla sa joue.
– Il ne m'aime pas, il m'a jetée.
Elle ajouta :
– Avec lui j'y arrivais.

Il fait nuit noire. Nous atteignons Paris, la porte d'Orléans. Toute cette bagnole, ce vin, ma libido constamment rabrouée, l'euphorie marine et la douleur de perdre Alba, tout cela me fout en l'air, je suis vanné. Elle veut me laisser au métro, mais je n'ai pas de quoi m'acheter un ticket. En fait, j'ai besoin de rester avec elle jusqu'à la dernière seconde, et, pour être franc, j'aimerais qu'elle m'invite à dîner chez elle, j'aimerais voir son père, les murs où elle a grandi, voir sa chambre, ses jouets. J'ai le vague espoir que les choses se rabibochent entre nous à la faveur d'une bonne petite soirée en famille. Il suffirait… De qui peut-elle être amoureuse ?… Je m'en fiche. Ce n'est peut-être pas vrai. Elle n'avait personne avant moi. Ce n'est pas au moment où j'arrive, où elle me pompe le sang, où elle m'ouvre son lit, me fait l'honneur de ses pyjamas, qu'un autre va l'intéresser, l'autre c'est moi. La vérité c'est qu'elle a peur de l'amour, comme souvent les filles. Elle me met à l'épreuve, elle dit n'importe quoi.

A Montrouge, elle gare la voiture dans une rue silencieuse. Il est près de minuit. Elle récupère le sac de plage à l'arrière et descend. Entre les marronniers immobiles, le ciel pur est brillamment éclairé par la lune. Alba farfouille, elle cherche ses clés, se tient debout devant un grand portail noir, on respire une fraîcheur de jardin. Elle me dit au revoir de la main, ses doigts pianotent un arpège indéfinissable à mon intention.

Le portail s'ouvre, elle n'est plus qu'une ombre.

– Alba, lui dis-je alors, c'est bien toi que j'ai vue l'autre soir sur la péniche ? Vous vous tordiez comme des chenilles.

– Je t'ai déjà dit où j'étais, ce soir-là.

– Non, tu ne l'as pas dit. C'était toi, vous étiez plusieurs, tu n'étais pas aussi bronzée mais à poil, oui, ça tu l'étais.

J'essaie de la suivre, mais elle me referme le portail au nez. Je suis seul dans la rue, le cœur au bord des lèvres. Elle va revenir, s'excuser, m'embrasser, reviens. Je délire à voix haute, je me plains, si violente est mon envie d'enlacer une fille et de lui parler à l'oreille en la berçant contre moi, mon amour, mon amante, ma vie. Et par ces mots, ce baiser des voix et des peaux, de renouer le fil vivant qui m'attachait au paradis. Elle ne revient pas, j'attends comme un con, debout sur l'ombre de mes pieds, démesurés, changés par la lune en panards de clown. Je l'ai déjà vue quelque part, cette lune, à Javel, aussi tentaculaire, écœurante, collée comme une pieuvre au flanc d'une péniche, et des corps nus bougeaient à l'intérieur de cette glue. Je donne un coup de poing dans le portail, je l'escalade et me laisse tomber de l'autre côté. Je remonte une allée gravillonnée sous des tilleuls, et tant mieux si ça fait du bruit. Devant moi c'est une terrasse avec une bâtisse obscure, je gravis un premier escalier, puis les marches d'un perron, je sonne à la porte, je secoue la porte, je crie le nom d'Alba, je l'injurie, je me cogne la tête au fer forgé.

Quand je reviens dans la rue, la Caravelle a disparu.

14.

L'amante, aussi bien, c'est la nature en nous qui n'abandonne jamais la partie. On est au plus mal ? On y est, c'est vrai. Les autres nous voient comme des mourants. Et si nous en réchappons, c'est la brouille assurée, une manière d'escroquerie. Si nous ressuscitons, gare à nous. Petit, quand je rêvais, maman disait que je parlais à quelqu'un. J'en réchappais, comme on dit, c'est tout, je survivais au chagrin du fil tranché, du paradis perdu. Il n'est pas nécessaire d'être vieux pour s'en affliger. Je regardais ma mère et je lui en voulais des rêveries où je l'imaginais renversée par l'autocar, gisant au pied d'une falaise, déglutie par l'ogre. Et je lui disais : un jour tu mourras. Elle me répondait non. Un jour papa mourra dans un autocar, dans un avion : elle me répondait non. Je lui disais : si, vous mourrez tous les deux, vous serez des morts et vous sentirez mauvais, et pareil pour Cathy, et moi aussi je sentirai mauvais. Bien sûr que non. Elle allait au piano me jouer l'air de ma boîte à musique, une valse à trois notes de Schumann ou Brahms, et puis elle s'arrêtait, me montrait ses paumes. Crois-tu sincèrement que cette mélodie soit l'œuvre d'un absent, ressentirais-tu cette émotion s'il ne vivait pas toujours dans mes mains, dans la musique, dans ton cœur d'enfant ? Je la voyais venir. Encore un instant l'essentiel serait invisible pour les yeux, et l'instant suivant Dieu planerait dans la pièce avec les grandes ailes des cygnes de Cathy, parfaitement invisibles, il n'y aurait plus qu'à semer des croûtons sur le piano en espérant qu'il n'ait pas déjeuné. Au désespoir je répondais : oui maman, j'en suis sûr, il est mort, il sent mauvais, prends-moi dans tes bras. Je sanglotais en l'étreignant, et pas un soir où ma dernière question ne fut avant de fermer les yeux : Dis, maman, on ressuscite ? Vivre, si l'on ne ressuscite pas, si l'on gît sous des hortensias rouillés, je vous demande un peu !... Par chance on ressuscitait. Mieux, on se retrouvait, on mangeait tous ensemble, et mieux encore on avait rendez-vous plus tard, là-bas... On mangera quoi ? Hum ce sera très bon, des fruits, des gâteaux, des nougatines... Où ça ? Regarde bien, là-bas où le ciel rejoint l'eau, et les plus égarés tiraient sur le bon fil à leur insu, relié à la barbe du bon Dieu comme à la chevelure infinie des chers disparus. L'intuition du mensonge me rendait fou, la nuit, une panique de voleur pris la main dans le sac. Maman, est-ce que Dieu qui nous aime tant, qui est notre Père adoré, a des besoins naturels ? Je ne crois pas, mon chéri, on ne sait pas tout, c'est un grand mystère... Alors aucun intérêt. Ou l'instant merdique était son affaire, au bon Dieu, étant son œuvre, ou ses besoins surnaturels faisaient de lui un faussaire, un Créateur inexistant. Et pour ce qui était d'aimer un pareil dahu ! Tu dois l'aimer, mon chéri, l'adorer. Je t'aime toi, maman, il n'a qu'à en prendre un morceau. J'ignorais alors qu'il prendrait tout. Jour après jour, je me languissais d'une idylle avec un bien-être familial sans évolution ni danger, je l'apprivoisais dans mon coin. Ma sœur avait pour confident Malbrough qui lui téléphonait dans les toilettes, un babil incompréhensible dont je cherchais la clé, moi j'étais mon propre confident. La nature me connaissait bien, déjà. Contre l'insomnie, elle m'avait accordé la protection d'un jumeau plus viril qu'on ne l'est à cinq ou six ans. Le petit Marc – le grand Marc. Il est faible – il est sans peur ni reproches. Il tenait tête à mes parents, au bon Dieu. Il avait un couteau. Lorsque j'étais amoureux d'une fille, ou d'une institutrice, elle avait toujours une plaie au bas-ventre, un mal mystérieux. Il incisait la plaie, la fille l'aimait, on se mariait tous trois. Opérée, guérie, elle rejoignait ma vie nocturne, elle détrônait mon jumeau. Elle irradiait la douceur, elle était lente et souple, elle avait ce calme féminin que j'entends bien retrouver au paradis, le plus tard possible, sinon je m'en vais. Mon amante au paradis n'aura rien à envier à mes amours terrestres, sinon je renais. Et bien sûr je renais si là-haut c'est une vie par trop désincarnée. Je reviens à la nature humaine, la mienne, en souvenir du passé commun. Sur terre elle ne m'avait jamais trahi, ne s'était jamais laissée embringuer dans un doute, un conflit qui pût ébranler cette vitalité conquise au prix du sang, du deuil. Elle m'aidait, je l'aidais. Et c'était sur les femmes que nous comptions, ces êtres d'apaisement et d'intuition. Qu'est-ce qu'on n'entend pas, quelles âneries… ! La mère d'un copain, je lui vole sa montre en or, elle jure à mon père que c'est un cadeau, un prêt. Dans un train du Sud où je voyage sans billet, sans un rond, direction Malaga, une jolie dame espagnole paie le contrôleur pour moi : « Un jour, faites-le aussi », dit-elle en français. Une autre, en 1976, après un tour du monde en voilier, raté, mort-né sur l'eau huileuse d'un bassin à flot, la dèche noire m'emmène tout droit dans le bureau d'un rédacteur en chef qui me donne du boulot. J'ai l'air de flagorner ? C'est pourtant vrai qu'elles m'ont fait confiance, ma mère et les autres. Au fond d'un sous-sol administratif, parfois, le geste fatal se dissout dans l'onde enrichie d'un geste humain, maternel qui vous sauve la peau. Aux pires moments s'est trouvée sur ma route une bonne âme aux yeux féminins, comme envoyée pour me sortir de là, me ramener sur le rail.

Mais le suis-je aussi, moi, la bonne âme aux yeux masculins, chance d'autrui, chevalier valeureux du hasard ?

Le soir où mon amour d'Alba s'évanouit dans la lune, je n'ai pas d'avis sur la question. Je suis désemparé. Je regarde le vide laissé par la voiture le long du caniveau. Je me persuade encore une fois qu'elle va revenir, que tout cela n'est qu'un mauvais rêve. Des expressions comme *tour du pâté de maisons* flottent à ma rencontre. Elle a parlé d'un plein d'essence urgent. Elle est partie faire le plein. Comment ne l'ai-je pas vue sortir ? Combien de temps suis-je resté assommé sur la terrasse ? Je me rappelle une maison sans lumière, fermée de toutes parts, inhabitée depuis des années.

Je m'assieds au bord du trottoir, les pieds sur la chaussée, j'attends. Bientôt je vois se dessiner l'atroce vérité, l'évidence. Elle a eu un accident, comme sa mère. Elle avait la tête ailleurs à cause de moi. Elle a brûlé un feu rouge, elle s'est encastrée sous un camion, le réservoir a pris feu. J'imagine le brasier, Alba coincée derrière le volant, le regard suppliant. Je n'ai rien compris, cette fille m'aimait. Je me lève, abasourdi, je guette le silence au loin, j'entends la rumeur du périphérique, le crescendo lancinant des sirènes, le hurlement des pneus, une pluie de verre brisé, je suis témoin du drame…

Exit Alba, mon amour, ma fin… Et c'est à la seconde où tout me semble perdu que je vais entrer dans la vraie vie, pour la première fois, quitter le ventre de la baleine aménagé en atelier d'artiste, avec d'un côté le piano d'une maman prodige et de l'autre le bureau d'un égyptologue écrivain à tête de poupée, qui portait des lunettes dont une branche tenait par un bout de sparadrap. Bonsoir maman, bonsoir papa.

C'est à la seconde où je m'en fiche que je ne m'en fiche plus. A la seconde où je coule à pic que je respire le mieux. C'est à la seconde où il fait nuit noire qu'il fait grand jour, qu'il fait les deux, c'est tout ça. J'en ai ma claque, j'aurais besoin d'être ailleurs et la peau neuve est déjà sur mes os. C'est à la seconde où je n'ai plus rien à perdre que je vais sacrifier le plus important, le plus pesant, aussi difficile à définir que la virginité, et tout comme elle impossible à recouvrer. C'est un sentiment d'identité lié à la famille, à l'enfance, aux lieux d'origine, même si Trémazan ne se laissera pas évincer longtemps par mes lubies. C'est une trahison qui fait office de mue.

En un mot, rompant un lien immémorial, je vais m'enticher de quelqu'un qui ne m'inspirait guère avant cette nuit-là, que des sentiments ombrageux – moi-même.

Le portail s'est rouvert derrière moi, je me suis retourné. Dans l'entrebâillement se hasardait une jolie femme aux jambes à peu près nues, habillée d'une légère tunique indienne blanche, apparemment sa chemise de nuit. Elle était brune, la peau mate, coiffée au carré. Elle n'a pas eu de mouvement de recul en me découvrant. Elle a parlé d'une voix claire :

– Vous êtes là depuis longtemps ?

– J'arrive à l'instant.

– Vous n'avez vu sortir personne ?

– Eh bien non, je ne crois pas.

Les mots résonnaient dans la pénombre argentée, ils brillaient comme des bulles de savon.

– Il y avait quelqu'un dans le jardin, il a escaladé le portail, j'ai entendu crier, pas vous ?

– Personne n'a crié, vous avez dû rêver. Moi aussi j'entends crier, des fois.

Elle me soupçonnait peut-être, gentiment, elle me parlait avec naturel. Elle s'est avancée d'un pas sur le trottoir, les bras croisés, les pieds nus. Ma mère, avant qu'elle se mette pieds nus dans la rue !

– Vous saignez…

J'avais un drôle de goût dans la bouche, en effet. Je ne m'en étais pas rendu compte. J'avais attrapé les barreaux torsadés et cogné ma tête hardiment, sans me poser de question. J'ai dit que ce n'était rien, une égratignure. Et je n'ai pas bougé. J'habitais ici, la surface de mes baskets sur le bitume était chez moi.

Sur ce, j'imagine, elle a compris qu'elle tenait son rôdeur. Elle ne s'est pas émue pour autant, ne m'a pas demandé si je comptais passer la nuit debout sur le trottoir et si c'était une manie d'enjamber les portails des voisins sans même les cambrioler. Qui était-elle ? Une tante, une copine d'Alba ? La nana du père ?… Elle m'observait. Elle avait dans les vingt-cinq ans ou les vingt-sept, elle avait moins, et pas froid aux yeux, quelqu'un qui n'avait pas peur d'ouvrir sa porte la nuit et d'échanger des mots avec la première ombre en maraude, fût-elle masculine et dotée d'un crâne fendu. J'en oubliais la vision du corps à poil d'Alba gisant sous un camion ravagé par le feu. Et pour ce qui est de ma journée à la mer, je vous jure bien qu'elle datait d'une autre époque, à ce moment-là. Je me sentais beaucoup mieux. De tout mon pif tuméfié je respirais au clair de lune un parfum sucré d'herbe fraîchement tondue.

– Il faut vous soigner.

Je lui ai emboîté le pas, j'ai suivi la tunique indienne qui faisait une tache argentée sous les arbres noirs, je l'ai suivie dans la maison. On entrait par la salle à manger, comme à la ferme, il y avait sur la droite une grande table de bois sous une suspension far-west aux lueurs jaunes, et vers la gauche un téléviseur bourdonnait pour une brave bête de canapé noir en cuir, bien ramollo, qu'on aurait cru roupillant devant la fenêtre aux rideaux tirés.

– Mettez-vous à l'aise, j'en ai pour une seconde.

Quand elle est revenue avec son attirail pharmaceutique, elle avait un châle violet sur les épaules. Elle s'est assise à côté de moi sur le banc, elle a palpé mon front. Pour la première fois j'ai senti ses doigts sur ma peau.

– Je vous fais mal?

– Ça pique.

– Pour quelqu'un qui fracasse les murs...

– ... Les portes.

C'était confortable, ici, l'air de rien. Derrière le Formica d'un bar, les équipements culinaires miroitaient, un immense frigo bombé, un four mural et des casseroles de cuivre alignées au mur. Par terre il y avait des jouets, la gamme universelle d'un bestiaire de plastique, vaches, dinosaures et divers félins, tortues, occupant les ruines éparpillées d'un château fort. Pour moi Alba était une enfant unique et son père vivait seul. Je me demandais où j'avais bien pu tomber.

– Voilà... Mais je ne pense pas que vous échappiez aux points de suture. Ça peut attendre demain matin. Ils vous poseront ça dans n'importe quel dispensaire.

J'ai bredouillé merci, je n'avais aucune envie de partir. J'ai vaguement pensé à ma sœur. Elle avait dû faire appel à une copine pour ne pas dormir seule. Du croustillant elle allait en avoir, et même du saignant.

– C'est les cris qui m'ont réveillée… Je m'étais endormie devant la télévision. Quand je suis arrivée à la fenêtre vous étiez à cheval sur le portail, on aurait dit Peter Pan.

Elle a ri, j'ai ri jaune, les yeux baissés.

– Vous devez avoir faim. C'est plus facile de parler en mangeant.

Elle alla chercher une bouteille de brouilly et une demi-côte de bœuf qu'elle plaça devant moi sur une planche. Elle sortit d'un tiroir une paire de beaux couverts à viande, comme il n'y en avait pas chez nous, avec le manche à clous.

– Ce n'est pas que je sois curieuse, mais j'aimerais bien savoir ce que vous fabriquiez dans le jardin…

Elle me servit un verre de vin, s'en servit un. Nous avons trinqué, bu, c'était frais.

– … Je ne peux pas croire que vous ayez enjambé ce portail uniquement pour le plaisir de foncer tête baissée contre la maison.

– Presque, j'ai dit entre haut et bas.

– Faut-il en avoir gros sur le cœur.

Je suis resté muet. Elle me regardait manger, elle m'encourageait à ne rien laisser, ce serait perdu. On aurait dit ma mère, il fallait toujours nettoyer les plats ou elle était vexée, elle disait qu'à l'avenir on aurait droit à des conserves.

Je me suis levé pour m'en aller.

– Et c'était quoi, ces cris, on peut savoir ? On aurait dit que vous appeliez quelqu'un.

– Eh bien oui.

– Il y a quelqu'un ici que vous connaissez ?

– Vous aussi je suppose.

– De mieux en mieux, et puis-je savoir qui ?

J'ai dit le nom d'Alba, elle a tressailli, le sang a reflué sur son visage. Elle n'a plus eu vingt-cinq ans, tout d'un coup, ses traits se sont accusés, ses lèvres amincies, cette jeune fille était une femme sur le point d'y arriver, elle aussi, mais à souffrir comme une bête. Ça m'a fait peur, j'ai failli m'excuser.

Elle a bu une grande gorgée de vin et poussé un profond soupir. Elle avait les paupières baissées, sa bouche frissonnait.

– Écoutez, m'a-t-elle dit, je crois vraiment que nous devons parler. Est-ce que vous êtes si pressé que ça ? D'ailleurs vous vous appelez comment ?

Elle me tendit la main quand j'eus répondu, la laissa dans la mienne. C'est ainsi que je fis connaissance d'Aline, la mère d'Alba.

Quand je repense à la soirée je n'y vois rien que d'harmonieux, léger, jusqu'au souffle des tilleuls qui s'invitait régulièrement autour de la table. Je me rappelle avec attendrissement les minutes passées à tituber de la baraque à la rue, en surfant sur le portail, et aussi la seconde où la Caravelle ayant disparu, je comprends que je me suis fait rouler en beauté par cet amour d'Alba qui ne sait plus comment sortir du bateau qu'elle a monté, la drôlesse, pour s'assurer des sentiments qu'elle inspirait. Et je souris en repassant les instants nocturnes où la fille au pyjama jaune, au pyjama vert, tremblote en évoquant sa naissance au coin d'un feu d'enfer vomi par un camion renversé. Tout cela est charmant, tout cela me tient la main vers une suite heureuse, et juré craché je suis né pour festoyer à Montrouge, ce soir-là, reçu dans cette belle maison sous les arbres, en train de ronger un os de bœuf auprès d'une jolie revenante à tunique indienne, une maman, que j'imaginais copinant avec la mienne au paradis. Qu'elle est proche, cette soirée, vivante, et qu'elle est perdue la journée à l'océan, la baignade aux calzone fripées. C'est ça, la mémoire, une bonne amie volage, ou bien c'est nous les sauteurs, nous qui changeons d'un souvenir à l'autre. On veut ramasser des miettes, les classer, on les voit briller, on brasse au mieux des volutes irisées, on pétrit allégrement le sable mouvant où l'on perd pied, encore un souvenir, et les mots mourront sans jamais avoir unifié l'air du temps. La vie a été réelle avant, elle va l'être bientôt, sans doute, et dans l'intervalle on tend l'oreille au chant du coquillage qui prédit la noce au-delà des mers, après la bataille et l'envie d'aimer. Mais qu'est-ce que tu racontes, Alba, voyons ! Quel besoin d'arriver au monde entre les jambes d'une mère à moitié calcinée, *de profundis*, extraite au palan d'une carcasse fumante…

… Mais ça, je n'allais pas m'en vanter, d'avoir gobé de telles andouilleries. D'avoir écouté le bouleversant éloge d'un pompier certainement bénévole, et sexy comme un aurige, qui dégageait à mains nues les tôles incandescentes pour sauver une grossesse à terme.

Aline a relevé les yeux, elle se reprenait :

– C'est pour elle que vous vous êtes ouvert le front ?

– C'est dans le noir, je me suis cogné.

Elle me regardait :

– Alba est ma fille, ou plutôt notre fille, vous le saviez ?

J'ai dit non. Je ne me voyais pas demander s'il y avait un mot de vrai dans cette histoire d'accouchement-catastrophe à la lumière des gyrophares.

– Je ne l'ai pas vue depuis sept ans, a dit Aline… Elle va comment ?

– Elle est infirmière, elle va bien.

– Elle ne peut aller bien. Tant que je vivrai elle n'ira pas bien.

Elle avait haussé le ton, sa voix s'était durcie.

– Je vous demande pardon, c'est plus fort que moi, je croyais m'être habituée, depuis le temps. Et je sais bien qu'elle vous a dit des horreurs, je la connais… Une fille si gentille.

Elle a soupiré :

– J'imagine qu'on vous attend, vos parents vont s'inquiéter.

– Mes parents ça m'étonnerait.

Je lui ai décrit ma situation familiale, et bien sûr elle a tiqué pour maman, sans larmoyer, tout en précisant qu'elle adorait son père, elle, et qu'elle souffrirait plus de son départ à lui. Elle avait de grands yeux noirs, très brillants, une jolie bouche aux lèvres charnues. Je n'arrivais pas à lui donner un âge, environ trente ans, ça variait. Mais étant la mère d'Alba elle avait forcément bien plus… Elle avait l'air de s'intéresser à mes bavardages et je l'ai baladée dans ma petite vie monotone, chez les jésuites, à Trémazan, à la clinique où j'avais vu maman pour la dernière fois, j'ai parlé de mon tombeur de copain, ce Tim avec lequel j'étais en froid depuis qu'il avait osé toucher à ma sœur. Et là j'ai sorti mon maître atout, la petite miro, ça plaît toujours. Et comme je passais un bon moment et que le charme d'Aline opérait sur moi, je ne me suis pas gêné pour envoyer Cathy dormir chez sa copine Marjorie, c'était mieux quand papa s'absentait. De sorte que non, personne ne m'attendait, ne s'inquiétait.

– Ce n'est pas une raison pour se coucher à pas d'heure, a dit Aline.

– Moi je trouve que si, j'aime bien parler la nuit. Avec maman on se faisait des petits gueuletons quand tout le monde dormait. On se marrait comme des bossus, on disait n'importe quoi. C'était quelqu'un d'autre, maman, la nuit, on avait le même âge. Elle me racontait sa jeunesse, elle me disait qu'elle avait aimé un autre homme avant papa, qu'elle en avait pleuré. Ça me manque, nos petits gueuletons.

– Et vous n'avez pas sommeil ?

Je picolais depuis le matin et sans être bourré j'étais « fatigué » comme on disait à Trémazan, intonations collantes, bâillements. Mais je voulais rester ici le plus longtemps possible. Et demain, pour me faire pardonner, j'emmènerais Cathy au rétro-dancing.

– Je suis bien… ça me rappelle mes petits gueuletons avec maman.

Aline a regardé la cheminée au bout de la table et déclaré qu'il faisait un peu chaud pour du feu. « Mais on peut allumer une bougie. » Ce qu'elle a fait. Elle est allée chercher une bouteille de calvados, un cadeau de son patron, et deux gobelets en métal imitant les dés à coudre. Elle n'a pas douté une seconde que j'allais l'accompagner. Elle a versé l'alcool sans réfléchir, à ras bord. Je me demandais à quoi elle pensait. Alba, sans doute, elle était choquée. Et la voyant toute menue sous son châle violet j'avais envie de la consoler.

Elle a secoué la tête :

– Mais pourquoi vous avoir amené jusqu'ici ?… Et pourquoi entrer dans le jardin sans même sonner ? Et pourquoi aujourd'hui, cette date ne rime à rien.

La question ne s'adressant à personne en particulier, je n'ai pas répondu.

– Tant de fois je lui ai écrit, j'ai tout essayé…

Le matin même, je l'aurais mitraillée de questions, et là je n'ai rien dit, ça ne m'est pas venu à l'esprit.

Elle a bu du calvados, elle s'est détendue, de nouveau souriante. Elle m'a dit qu'elle avait été infirmière, elle aussi, et qu'à présent elle naviguait dans la presse, le reportage à chaud pour la télévision. Elle était rentrée du Mexique cet après-midi. Un métier dur, passionnant… Elle aurait aimé qu'Alba suive cette voie…

– Infirmière, c'est bien aussi. La mienne, quand on m'a opéré de l'appendicite, je ne pouvais pas m'en passer. Elle était moche, elle était vieille, elle avait un bec-de-lièvre, elle riait tout le temps. Pour son jour de congé ils l'ont remplacée par un blondinet tout efféminé, une chochotte qui me trouvait mignon. J'ai fait un scandale, j'exigeais mon bec-de-lièvre illico, c'était ça ou je leur faisais un abcès de la paroi. Que d'ailleurs j'ai fait, ça m'a pris huit jours de plus.

Elle s'est marrée.

– Alba est douée pour la politique, elle lit les journaux… Vous êtes ensemble depuis quand ?

– Depuis quand ?…

– Alba et vous.

Ça m'a fait rire et ce rire a dissipé la brume autour des sentiments qui me leurraient depuis le départ de maman. Je n'étais pas amoureux d'Alba, enfin si, enfin non, j'étais d'abord en deuil et les sens cafouillent dans ces cas-là, l'amour fou s'élance à l'aveuglette, il lui faut un prénom à chérir, une infirmière, une Alba, et comme en plus elle était bien roulée…

– Depuis jamais, voyons, je la connais à peine, on s'est croisés au dispensaire. Les prises de sang d'Alba, je ne vous dis pas ! Je préférais mon bec-de-lièvre... Ce soir on devait dîner chez son père.

– Et sa mère ?

– Elle a dit : chez son père.

– Il est en Chine avec sa femme, elle aurait dû prévenir.

Devant mon air étonné elle a souri :

– Nous sommes séparés mais je vis ici, c'est un arrangement entre nous. A cause d'Alba.

Puis Aline a dit qu'elle allait se coucher et je l'ai suivie dans l'escalier. Elle avait pris la bougie. Encore des jouets, des masques de Zorro, des pistolets à crosse d'argent, des étoiles de shérif. Encore des questions pour plus tard, pour jamais, chaque chose en son temps...

Elle avait sa chambre au dernier étage, une pièce mansardée bleu nuit, et là c'était comme une autre maison, moins belle qu'en bas, avec des livres de guingois contre la lucarne, une table noire à pieds chromés, un grand matelas couvert d'un patchwork aux tons violacés, sous la pente du toit. Elle a planté la bougie dans le goulot d'une bouteille, à côté du lit, elle a mis son châle au dossier d'un rocking-chair et s'est allongée. Je me suis agenouillé près d'elle, à même le plancher. Aline regardait brûler la bougie qui sautillait en mourant. Quand la flamme s'est éteinte, on est restés dans l'obscurité sans rien dire. Puis elle a posé la tête sur mon bras et j'ai refermé les doigts sur son épaule pour la serrer contre moi. J'ai senti des os tendres et juvéniles se replier les uns sur les autres, et je l'ai embrassée.

La douceur même.

15.

L'hiver 2004, il y avait vingt et un ans que j'étais séparé d'Aline. Faites le compte, allez-y, en 1983 nous étions ensemble depuis quinze ans. C'est un sacré bail, quinze ans, ça passe comme une lettre à la Poste, une lettre d'amour qui pleure à la fin. On s'en doute au premier mot qu'elle va pleurer un jour ou l'autre, on ne lui en veut pas, on l'écrit quand même, on est fort d'une passion à l'épreuve du temps. Au premier souffle on apprend bien que la vie s'achève, et l'on n'en respire pas moins à pleins poumons. C'est exact, après quinze ans d'union libre Aline avait cinquante-trois ans et moi j'étais frais comme un gardon. Navré si j'ai l'air d'insinuer qu'à cinquante-trois ans les gardons sont moins frais. Sachez d'ailleurs qu'à cinquante-trois ans Aline était magnifique, somptueuse, rayonnante, et parée d'une beauté crépusculaire inclinant au respect, à commencer par le mien. Ce n'est pas l'âge en tant que tel qui nous a joué un tour, mais quand même le temps, ce fieffé diviseur, installant entre nous l'intervalle d'une génération, nous rappelant qu'elle ne voulait plus d'enfant, si tenté qu'elle pût encore en avoir, et qu'être père m'obsédât. Et laissez-moi vous dire aussi qu'elle n'avait plus cinquante-trois ans, mon Aline, quand elle s'accrochait à mes vêtements pour me garder à la maison encore un jour, encore une heure, une minute. C'était ma petite fille à moi, fondue par le chagrin de toute une vie qu'elle n'avait jamais pleuré. Là ça débordait, plus fort qu'elle, là c'était trop. Elle perdait les eaux du grand malheur qu'elle attendait, qui l'attendait. Ne pars pas s'il te plaît, j'y vais cette fois. Tu ne m'aimes plus, je t'aime comme au premier soir. Ne me tue pas, je te tue, allez. Mange un morceau, assieds-toi, c'est l'heure de déjeuner, tu as raison, je reste debout, je n'ai pas faim, et après j'y vais, après je te tue… C'est à la minute où je la quittais pour toujours que j'aurais voulu lui faire un enfant, la désirer comme seul un couple humain peut désirer quand l'ange et la bête en lui, même enfance, même Dieu, ne font plus qu'un seul rêve. Elle claquait des dents et s'agrippait toujours à moi quand j'ai repassé le portail. J'ai décroché ses doigts un à un pour m'en aller. Elle n'a pas rouvert et je me suis retrouvé seul dans la rue, à la rue, je n'entendais plus aucun bruit, un silence du fond des mers. J'ai failli sonner, je me suis rappelé la première fois que j'avais fait le mur pour entrer ici.

Pour notre premier dîner en ville, après la nuit à Montrouge, on avait choisi la tour Montparnasse, une table qui s'appelle aujourd'hui Le Ciel de Paris, comme un sous-marin en plein ciel d'où l'on apercevait, la nuit, les feux allumés d'un autre sous-marin mythique, Le Nautilus, ou plutôt Le Jules Verne, en brasse coulée profonde au-dessus du Champ-de-Mars. Le restaurant venait d'ouvrir, Aline régalait. Même en bradant rue Guénégaud les livres les plus rares de papa je n'aurais pas gagné de quoi tendre fièrement la main vers la prame en osier bleu noir de l'addition.

Il y avait une semaine qu'on se connaissait, qu'on s'aimait. Les sentiments que j'éprouvais pour Alba s'étaient reportés sur Aline et décuplés au cours du transfert. Le roi n'était pas mon cousin. Rendez-vous compte un peu. Je pars me baigner avec la fille, on folâtre à poil dans l'écume, et je me réveille à l'aube entre les cuisses de la mère, n'ayant pas de mot pour lui chanter mon adoration. La fille, la mère, le fantasme absolu, la virilité comblée. Un blanc-bec de dix-neuf ans chez une femme de trente-huit qu'il fait crier au lit, alors, qui dit mieux ? Tim ?... Il n'avait pas eu l'air épaté par mes prouesses. Il m'avait seulement dit, le sourcil en l'air : j'aime mieux ça, l'Alba est une vraie givrée... Et c'est tout ce que j'avais pu tirer de lui. Une givrée... Le bougre avait de l'intuition ou quoi ? Les choses allant trop bien, j'étais tombé sur mon père en arrivant à la maison. Toujours aussi rusé, mon vieux, adepte du retour surprise à la Ravenkel – tu m'as désobéi. Ah bon ? Si je ne m'étais pas marré, il aurait sans doute gueulé un bon coup et pardonné. Mais épuisé, les nerfs en capilotade, je riais aux larmes, j'avais le dessus, il ne pouvait pas faire moins que d'exécuter sa menace d'expulsion. Le temps d'embrasser Cathy et j'étais dehors, attendu par l'amour de ma vie sous un toit piétiné par les pigeons.

16.

On arrivait au restaurant dans un ascenseur qui semblait réagir à l'impulsion d'une baguette magique, et parvenir là-haut sans même avoir démarré. Ensuite on arpentait le pont supérieur d'un aéronef au mouillage en plein ciel, c'est du moins l'effet que produisait sur le dîneur cette vaste salle en rond baignée d'une lumière mauve et noire, où les nappes blanches avaient l'éclat du sel et les serveurs des prunelles de grenouille. On n'était plus à Paris mais au cœur d'un trompe-l'œil qui vous montrait la tour Eiffel comme il aurait pu faire apparaître un galion fantôme ou des marsouins. Un cadre idéal pour les amoureux. Ça bourdonnait d'une gaieté chaude, un peu folle, qui tenait à la magie spectrale des lieux. Aline avait réservé une table dite « en bordure », contre la baie panoramique, à même un précipice au fond duquel on voyait bouger, paresseux orvets, les trains corail en partance vers l'ouest.

En attendant les plats nous buvions du champagne, environnés de bulles et d'étoiles, la lune se dandinait dans nos verres. Le visage d'Aline irradiait une tendre phosphorescence qui lui descendait jusqu'à la naissance des seins, entre les plis vert tilleul d'un chemisier de satin. Quand elle se penchait vers moi les plis se tendaient sur des rondeurs qui m'enchantaient. J'étais ébloui par sa beauté, par sa fraîcheur diabolique de gamine au seuil de la quarantaine, une maman. Nous nous aimions d'un amour démesuré. Entre nous c'était la surenchère des « moi aussi », des « toujours », des « jamais », c'était à qui aimerait le plus, le plus longtemps, le plus fidèlement, le plus amoureusement…

– Et ça ne fait qu'une semaine, je ne peux pas y croire.

– C'est incroyable, je sais. Je t'ai toujours connue. J'ai l'impression de rêver.

– Moi aussi. Mais qu'est-ce que je serais devenue si tu n'avais pas escaladé le portail.

– Et moi si tu n'étais pas sortie… Que tu étais jolie dans ta chemisette indienne, avec tes pieds nus. C'est la première chose de toi que j'ai vue, j'ai failli les embrasser.

– Moi c'est ton cou, ton beau cou si fragile, si fort, il m'émeut…

– Je t'aime.

– Je t'aime.

– Moi aussi…

Sa main gauche vint serrer la mienne à travers la nappe, nos doigts s'entrelacèrent. Elle me regardait comme une apparition.

– Tu es sûr que tu ne me tromperas jamais.

– Jamais. Et toi ?

– Si tu me connaissais tu ne me poserais même pas la question.

– Tu n'as pas répondu.

– Jamais, plutôt mourir.

La lune se marrait dans nos verres à moitié bus.

– Mais comment peux-tu être aussi sûre de toi ?

– Tu es l'homme de ma vie. Ou le jeune homme de ma vie. Tu as tout ce que j'attendais et que je n'ai jamais trouvé.

– J'ai quoi ?

– Tout. Et bien plus encore...

– Et tu n'as jamais dit ça à personne avant moi.

– Mais il est fou, ce mec.

J'eus soudain peur de la perdre. Elle fréquentait les coins dangereux du monde, elle était payée pour s'approcher des guerres, des accidents, des villes sinistrées, elle risquait sa peau pour la gagner. Un de ces quatre elle emprunterait un avion foireux, l'avion s'écraserait au milieu des requins, ou elle serait fauchée par des balles perdues, ou enlevée par des mutins et violée. On me violerait mon amour, on me rendrait contre une rançon mon amour violé.

– Mais ton mari, tu lui disais quoi ?

– Mon *ex-mari*, s'il te plaît. Je ne lui disais pas ça. D'ailleurs il n'aurait pas compris.

– Mais alors pourquoi l'as-tu ?...

– Trompé ?... Je m'ennuyais à mourir. Avec toi je ne m'ennuie jamais.

La veille, elle m'avait révélé que le père d'Alba était un Anglais qu'elle avait connu sur un bateau de guerre israélien, au moment d'une offensive contre la Syrie, au début des années cinquante. Il s'appelait Alban. Ils ne s'étaient jamais revus. Des années plus tard, elle en avait parlé à son mari qui se lamentait d'une coucherie d'un soir avec une fille : elle aussi l'avait trompé, elle aussi une coucherie d'un soir. Il s'était dit bouleversé devant cet aveu gratuit, fier de son épouse. Et par chance il était resté discret sur l'époque de l'infidélité. Ils avaient fait l'amour ensemble, pour la dernière fois. Dès le jour suivant il se mettait à boire et à découcher.

Il venait l'espionner sous la douche, il ricanait en la traitant de viande à youpins. Ou il rentrait ivre au milieu de la nuit et s'amusait à secouer dans son lit une petite fille de trois ans, pour lui dire que sa mère s'envoyait du juif. Et il l'appelait la petite crouillette à sa maman. Une nuit qu'il avait perdu la tête, Aline s'était enfuie en voiture avec sa fille et il les avait poursuivies sur le périphérique, lançant des appels de phares, jouant à les doubler, à les tamponner ou les coller au train, pare-chocs contre pare-chocs. A l'entrée du tunnel de l'autoroute, la 2 CV d'Aline avait heurté violemment la paroi. Côté passager la portière s'était arrachée. Rien de grave sur le plan corporel, mais un attroupement considérable de flics et pompiers, et une peur bleue qu'Alba n'avait jamais oubliée. Et c'est sa mère qu'elle s'était mise à détester après, c'est à sa mère qu'elle avait fait grief de l'accident et du divorce qu'Aline avait réclamé. Le père s'était remarié avec la coucherie d'un soir, et deux ans plus tard l'heureux couple perdait l'enfant qu'ils avaient eu. Pour les entourer, la mère et la fille étaient revenues à Montrouge. A quinze ans Alba partait vivre chez sa grand-mère à Trappes, entre Versailles et Dreux. Ces chassés-croisés donnaient le tournis. Ils avaient dû en baver les uns et les autres.

– Et moi, tu ne me tromperas pas ?

– Jamais de la vie. Je suis tellement heureuse. Tu me rends tellement heureuse.

Elle voulut trinquer au bonheur, à moi, à nous. Dans les verres la lune avait sa bonne bouille des jours de veine.

– Imagine qu'Alba t'ait plu.

– Je ne veux même pas y penser, il n'y avait aucun risque.

– Attends-toi au pire le jour où elle découvrira que tu vis avec moi, que nous nous aimons.

– Elle l'a bien cherché, une véritable entremetteuse. En fait c'est elle qui nous a présentés. A part ça, me planter comme elle l'a fait !...

– Pour elle c'est une preuve d'amour, crois-moi, je connais ma fille. Elle doit être en rage que tu ne la rappelles plus.

– Elle a une fiole de sang à moi, si ça peut la consoler.

– Si elle veut te revoir tu fais quoi ?

– Je l'envoie au bain, elle aime ça.

J'avais eu du nouveau sur Alba, par Tim. Le salaud grimpait vite au créneau. Le jour de ma ponction, il conduit ma sœur au dispensaire et trouve le moyen de croiser Alba dans un couloir. Il lui dit qu'il s'appelle Dominique, toujours prudent, ils se revoient. A cette époque, pour gagner sa croûte, il est homme de ménage et de confiance sur la péniche d'un marchand de vin américain, basé à Londres. Avec Alba ils se font un joli petit retour de boîte à bord de la péniche, un truc bien rose à la manière de Tim, et devant libérer la place à quai, ils vont amarrer la barge un peu plus loin, vers Suresnes. Lune de miel à Suresnes, une lune assez frigide au demeurant. En apprenant incidemment qu'elle me connaît, que c'est moi le garçon romantique un peu bizarre dont elle lui rebat les oreilles, avec lequel elle est sur le point d'y arriver, il la met dehors *manu militari*, les copains d'abord.

– C'est magique entre nous, dit Aline.

– C'est toi qui es magique.

Elle me regardait, explorant mon visage avec une soudaine gravité.

– Et ça doit rester magique, dit-elle en rougissant, j'ai l'impression d'avoir quinze ans. C'est comme une petite flamme invisible qu'il faut protéger. Le jour où elle s'éteint elle ne se rallume pas.

– Ce n'est pas un peu cucul ?

– L'amour est un peu cucul, c'est l'amour…

On nous apporta les plats. Au cours du dîner il fut beaucoup question de moi : mon avenir, mon deuil, ma mère, et pour finir cette petite miro qu'Aline était impatiente de connaître. Elle se voyait même proposer à mon père de l'héberger quelque temps à Montrouge, si l'ex-mari ne mettait pas son veto, mais il avait le cœur sur la main.

– Perdre ta mère à votre âge, c'est aussi perdre une famille, une enfance, vous êtes sacrément courageux. Mais toi, ce n'est pas le moment de laisser tomber ta sœur.

– Elle va t'adorer. Tu es tout à fait son genre de voix, intonation musicale, débit régulier, rire à fleur de peau.

– Baratineur, tous les mêmes.

Nous regardions la carte des desserts lorsque Aline me fixa dans les yeux, l'air étrange.

– Tu sais ce dont j'ai envie, Marc, très envie ?

Je claquai les pages cartonnées d'un grimoire de cuir.

– Moi aussi, comme toi, j'ai très envie que nous ne prenions pas de dessert, et le plus tôt sera le mieux.

Elle eut un joli rire de gorge, un peu défaillant, et me reprit la main, comme si elle ne voulait plus jamais la lâcher.

– J'ai quelque chose à te dire, Marc, c'est important. Je n'ai jamais ressenti ça pour aucun homme, ça me gêne…

Je ne m'attendais pas du tout à la suite. J'espérais un éloge de ma virilité.

– J'aimerais qu'un jour, quand tu voudras, ce n'est pas pressé, j'aimerais que tu me fasses... un gros bébé.

– Un gros bébé.

Elle était transfigurée par l'instinct maternel. Il y avait quelque chose d'anormal dans ses yeux, mais peut-être aussi dans les miens.

– Ça ne te plairait pas un gros bébé, notre enfant? L'enfant de notre amour?... Personnellement j'aimerais mieux un garçon. Une fille, tu vois, j'aurais peur d'être jalouse, je craindrais sans cesse que tu l'aimes plus que moi, et je ne pourrais pas lui en vouloir d'aimer follement son père. Et puis avec un garçon, j'aurais l'impression de t'avoir deux fois, d'être deux fois plus heureuse. Dis-moi, Marc, ça ne serait pas magnifique, ce bébé?

– ... Géant.

– Tu te rends compte, le père que tu vas faire.

Elle m'étreignait la main, j'avais mal.

– Je t'aime tant.

– Moi aussi.

A dix-neuf ans j'aime mieux vous dire que j'avais les bébés en horreur, et tout leur attirail de couches. C'était sale, strident, malodorant, caoutchouteux, ça ne tenait pas debout, ça monopolisait l'attention, c'était petit et ça prenait toute la place et il fallait s'exclamer que ces mochetés étaient des stars, qu'on en mangerait, qu'on n'avait jamais vu plus mignon, plus exquis et parfumé. Alors un bébé fabriqué par moi, dans un ventre arrondi par mes assiduités, pas question. Et le père que j'allais être, et qui rêvait d'accrocher mon histoire à la sienne, je le prenais par avance en grippe. Ça risquait d'être violent, le jour où il se pointerait, une manière de parricide entre jumeaux.

Nous avons fini par quitter le restaurant. La lune a pu remonter au ciel, enfin libre, désolée d'en savoir aussi long sur les amants et leur champagne au milieu des étoiles.

17.

L'hiver 1983, il n'y avait aucune raison pour qu'Aline attendît davantage un enfant qu'elle ne l'avait fait l'hiver ou les étés précédents. Et cet enfant qui n'existait pas s'était longtemps appelé Gros Bébé. Nous en parlions comme s'il avait déjà chambrette et jouets dans la maison. Comme il est gentil, propre, éveillé, spirituel. Il aime l'art, il aime voyager, il aime le sport, il aime ses parents, la voile et le bruit chantonnant des flots sur les galets roses de Trémazan. Ça, on ne l'avait pas loupé, Gros Bébé. Et en plus il aimait son papa comme son papa n'avait jamais été aimé par le sien. Et de son papa il avait les irrésistibles fossettes un peu partout sur le corps. Aline était vraiment déterminée. Moi j'étais amoureux d'Aline. Et plus encore de ma liberté.

La première année, quand nous nous sommes connus, je m'étais octroyé un délai. J'avais tiré prétexte du livre que j'essayais d'écrire, une suite élégiaque en pentamètres gallois, à la gloire d'un parent breton, pour faire entendre à mon amour que l'ami Gros Bébé n'était pas à l'ordre du jour. Que penserait-il d'un papa qui n'avait d'autre corde à son arc que le talent d'escalader les portails, la nuit, pour s'emparer du lit des futures mamans ? Gros Bébé était raisonnable. Il savait ce qu'il voulait :

une ravissante mère de trente-huit ans, brillante et tout, et un père digne de l'admiration qu'il aurait pour lui. Gros Bébé pouvait attendre un moment et, sans être aussi jeune que lui, je n'étais pas non plus un homme accompli chez qui le désir de paternité passe avant tout. Ça, je le gardais pour moi.

– Mais tu l'aimeras, Gros Bébé ?

– Je me languis déjà.

Chaque mois Aline essayait la manière douce, la flatterie et le sentiment breton. Elle voulait arriver à ses fins. Je m'occuperai de lui. Il ne te dérangera pas. Ce sera pour toi une source d'énergie. Tu l'imagines, à Trémazan, avec ses tongs ? Elle faisait bourdonner des prénoms à résonance armoricaine et me laissait libre de choisir, elle les aimait tous, des prénoms forts et caressants comme le vent. Nolwenn. Ronan. Armelle. Brieuc. Gildas. Goulven. Efflame. Ildut. J'avais l'impression qu'une horde de Gros Bébés surgis des brouillards de l'Ouest faisait route sur la maison, encouragée par leur mère à défoncer ce portail que je refusais d'ouvrir à ces mignons, moi qui l'avais franchi comme un soudard. Ah ! ça m'allait bien de leur interdire l'accès du foyer ! Il était joli leur papa gâteau. Ils rappliquaient pour naître mais aussi tirer l'oreille au scribouillard de géniteur qui s'imaginait les tenir en lisière.

C'était couru d'avance – je pris en grippe Gros Bébé.

– J'aimerais qu'on en parle moins.

– On n'en parle jamais.

– Tous les jours.

– Gros Bébé fait des misères à son papa ? Il l'empêche de travailler, c'est ça ? Gros Bébé…

– C'est ridicule, ce nom, d'ailleurs pourquoi veux-tu qu'il soit gros.

– Là c'est toi qui en parles.
– Eh bien je n'en parlerai plus.
– Sauf quand tu auras fini ton œuvre…
– C'est ça, fiche-toi de moi.

Les années passant, et ma suite élégiaque tardant à voir le jour, la mise en route de l'enfant parut aller de soi. Pour Aline, en tout cas.

– Attends encore un peu, j'ai bientôt fini.
– C'est pour quand ?
– Surprise… Mais j'ai parfois l'impression que tu ne t'intéresses pas à mon travail, que tu n'y crois pas.
– Taratata, bien au contraire, mais Gros Bébé, pardon, notre enfant m'intéresse aussi, tout ce qui vient de toi.

A l'arrivée, la suite poétique tapée à deux doigts sur la Japy portative d'Aline pesait plusieurs kilos. Bien plus que ne l'aurait fait Gros Bébé sur la bascule de la sage-femme, Gros Bouquin remplissait à lui seul une petite valise Air France en toile bleue, que j'avais piquée à papa, et qui sentait la savonnette des hôtels de luxe. J'avais eu à cœur de prouver, par cette belle pesée, que je n'avais pas fait attendre la descendance en vain. Aline en venait à se laisser convaincre de la mission que je disais être la mienne : réveiller chez nos contemporains la passion du vers rythmé, prolongement naturel du rythme cardiaque, lequel ne s'est jamais démodé. Ce jour-là, malheur à nous, la glace n'aurait plus qu'à se reformer sous l'ongle des mammouths ressuscités. Et l'être humain se chercher un mutant à l'épreuve de l'émotion comme du froid.

– Et si tu nous en lisais des bouts ?

Chaque soir il y eut déclamation. J'ai une belle voix. Ça déclamait sans barguigner sous les tilleuls de Montrouge, à la belle étoile, on était en mai. Aline était ma première Eurydice, la seule. Dans sa chaise longue, elle ne bâillait pas en écoutant la lecture des hauts faits de mon aïeul, une sorte de Barbe bleue qui multipliait ses Judith et les ensablait régulièrement sous les chardons, déçu. Et mugissait face au vent marin sa mélancolie d'amant peiné par la désobéissance des épouses. Il y avait du Ravenkel là-dessous… Au bout d'un moment, elle disait pouce. Elle déclarait qu'un ouvrage aussi dense exigeait le soutien d'une concentration sans faille et qu'elle commençait à défaillir. Ce serait dommage, je veux tout écouter. Gros Bouquin retournait dans sa petite valise Air France et nous faisions l'amour à la bonne franquette, car elle était loin, la nuit où le forceur de portail enjambait du même élan fougueux la belle esseulée qui rêvait à sa lucarne, en tunique indienne, regardant miroiter un trottoir où descendaient s'abreuver les étoiles filantes. Et pourtant, le corps à corps matrimonial ne nous avait pas laissés indifférents, bien que j'eusse toujours préféré l'amour qu'Aline éprouvait pour moi à l'amour que je lui faisais, que nous faisions – préliminaires, action, jouissance, débriefing, tout cela un peu trop enlevé à mon goût, commenté. De par mon éducation j'ai besoin d'interdits à transgresser, de mystère autour des sensations, et, chaque fois, de n'être pas moins comblé que troublé par le plaisir transmis, reçu, partagé. Aline avait le cœur sur la main, l'inconscient aux lèvres, elle expliquait les choses de l'amour avec la bonne humeur d'une jeannette chrétienne à la veillée.

– Tu es mon amour.

– Et toi mon amour.

La fanatique à tout crin de l'œuvre poétique de son frère, persuadée qu'il avait le génie des plus grands dont les noms en relief lui couraient sous les doigts, c'était Cathy. Et tout énamourée qu'elle fût du beau Tim, revenue dare-dare à ses premiers sentiments, elle ne manquait jamais la séance de lecture à Montrouge, repartant le soir quasiment sanctifiée par la grâce du chant pentamétrique, affichant un faible éhonté pour l'abominable séducteur nommé Trémazan de Kerkadarec, seigneur priapique d'un château fort hanté par les corneilles, sous un ciel tumulteux où chaque souffle qui passe a le goût du sel.

– Tu es un génie. Comment tu fais ?

– Ça vient tout seul.

Ce qui tardait à venir, en revanche, c'était l'argent. Le prétexte littéraire, écartant provisoirement Gros Bébé, s'accompagnait d'une clause en petits caractères, fleurant son ultimatum à plein nez. Un mot la résume, un mot dépourvu d'attrait pittoresque : SOLVABILITÉ. Écrire, s'enfermer au point du jour dans une petite valise bleue, chaque matin, n'allait pas sans générer des frais. Dans sa valise, l'auteur avait bon appétit, un penchant certain pour la côte de bœuf à la moelle, arrosée de brouilly. Régulièrement saisi par son vieux désir de métamorphose, il passait un short blanc pour aller jouer au tennis au stade Élisabeth, au nord de Montrouge. Il n'en revenait pas forcément à l'heure, éprouvant le besoin de regarnir les stocks d'une imagination fortement sollicitée par la tournée des bars, qui sont payants, comme chacun sait. La solvabilité n'était pas son fort. A l'époque il ignorait l'existence d'un tel mot, cheveu gras dans le nectar du pentamètre. Il n'était que débours et panier percé. Il méprisait l'argent. Il se bouchait les oreilles à son évocation. Aline faisait bouillir la marmite et rougir les braises du barbecue, mais il était prévu qu'un jour il prendrait le relais, quand Trémazan de Kerkadarec déboulerait à cheval dans la maison, certes ivre mort, mais des sacs d'or tout sonnaillants le long des fontes.

Sous-entendu : grand bien fasse à Trémazan d'être génial et porté sur la chair des femmes, mais s'il est pauvre, tant pis, ce n'est pas lui qui va nous empêcher de faire Gros Bébé ni qui l'ensablera sous les chardons bleus.

– Après, j'écrirai un roman, mais cette fois en vers libres. Sur le monde contemporain. Ça ne s'est jamais fait.

– Et ta suite, elle avance ?

– Presque finie.

La presque fin me stimulerait encore plusieurs années. Par une belle matinée de printemps, laissant tomber mes rythmes snobinards et vengeurs, je mis le nez hors de la valise et me résolus à changer d'air. Le dernier vers était, je m'en souviens, je m'en suis assez gargarisé : « *Galope, ô Trémazan, sur ce flot grondeur, monolithe émeraude…* »

Évidemment…

C'était le jour de mon anniversaire. Vingt-quatre bougies.

– J'ai fini, dis-je après avoir soufflé sur le gâteau.

Ce fut la tournée des éditeurs, du plus grand au plus régional. Ils ne demandaient qu'à crier au chef-d'œuvre, mais il était de leur devoir à tous de m'informer que le distique élégiaque, fût-il gallois, voire la poésie tout court, respectable mamie, n'était pas le genre de la maison.

Suite… et fin.

– On pourrait penser au petit, dit Aline.

Tiens, elle ne l'appelait plus Gros Bébé.

– Bonne idée. Je suis sûr qu'il aimera ce que je fais.

– Un tout petit bébé tout mignon. Il t'aimera toi, et tellement.

Aline avait alors quarante-trois ans. Elle ne partait plus en reportage, elle avait un bureau à *L'Express*. Il fut décidé qu'elle arrêtait la pilule et la bicyclette, et que ce ventre d'amour allait succéder à la valise bleue.

Est-ce que j'aimais Aline ? Est-ce que je l'aimais vraiment ? Il est toujours facile, après coup, de chicaner les sentiments qu'un jour on a déclarés les plus forts, d'affirmer qu'ils ne l'étaient pas, que le cœur attendait une autre chance d'aimer pour lui consacrer des élans bien plus profonds et tenaces. Est-ce que j'aimais Alba ? Est-ce que j'aimais Edwige ou l'elfe scandinave au sous-bock vert marqué *je t'aime* ? Ou la petite Viviane à la crêperie ciné-club de Trémazan-sur-Mer ? Est-ce que l'amour n'est pas inspiré aussi par celui que nous avons pour nous-même et pour la vie qui nous porte, et que nous ne portons pas moins, d'ailleurs, pour l'embellir aux yeux du monde, éternel inquiet ? J'aimais Aline et les autres, et moi non, aucune attirance, ou pas assez pour ne plus éprouver le besoin d'errer, de chercher cette moitié d'âme qui se laissait approcher dans les rêves, cheveux d'or bruni, regard vert, et toujours l'Océan sur nos pas.

– D'accord pour le bébé.

– C'est tout ?

– Mais non, je l'aime. Depuis le temps qu'on en a envie.

Je m'étais pris un sacré bouillon avec ma suite galloise. Je n'en rouvris pas moins la Japy dans le but de m'attaquer au roman sur le monde contemporain. Mû par la vitesse inertielle du vers pentamétrique, j'accouchai de cinquante feuillets en une semaine.

Aline me laissait faire. C'était donnant donnant. Un accord tacite. Je pondais quotidiennement des phrases que personne ne lirait, et le soir l'amant relayait l'écrivain, mû cette fois par le désir maternel de l'amante qui comptait les heures, le temps qu'il lui restait pour enfanter. Elle avait passé des examens, elle pouvait encore être mère et sans risque majeur, à condition d'être suivie. Et Trémazan de Kerkadarec n'étant plus là pour convoiter les Judith, le monde contemporain se révélant rétif à la magie du vers libre, Aline gagnant bien nos deux vies, je finis par me découvrir un intérêt vrai pour cette œuvre de chair, moins épuisante que la Japy, et dont j'étais sûr qu'un jour elle ferait de moi un auteur.

– Plus tard, tu seras reconnu, me dit un soir Aline, ne t'inquiète pas.

Elle ajouta, les cils battants :

– J'ai presque envie de lui acheter des vêtements, des petits chaussons.

– Je ne m'inquiète pas.

– Ça porte malheur, les vêtements trop tôt.

– Et je serai reconnu.

– C'est la première fois que je désire vraiment un petit. Alba était une enfant… du hasard. Elle le ressent dans sa chair. Je ne lui en veux pas.

Le lendemain nous allâmes jouer au tennis. Et sans forcer, pour ménager l'habitacle féminin. En revenant, je trouvai dans la boîte aux lettres un mot d'Alba pour sa mère. Et n'eussé-je pas été présent, je doute qu'elle me l'aurait montré. Sur l'enveloppe, le prénom d'Alba se répétait comme un motif obsessionnel au milieu de flammèches au crayon comme dessinées par une main d'enfant. Elle avait fait une crise et devait séjourner à l'hôpital quelque temps. Elle ne voulait pas d'argent, pas de visites, pas d'explications vaseuses, mais juste envoyer un petit coucou depuis la maison des internés d'office. Et, dans la foulée, elle rappelait à sa mère que si par étourderie elle était assez stupide pour tomber enceinte, sans avorter, elle se tuait. Ou elle tuait l'avorton. Tout le monde serait plus heureux. Et pardon pour cette petite piqûre de rappel hebdomadaire. Elle était quand même infirmière.

– Hebdomadaire... Je croyais qu'elle ne t'écrivait jamais.

– Sauf pour ça.

Aline avait un plein tiroir de lettres d'Alba, toutes sur le même modèle, toutes faisant chanter et gazouiller dans son cercueil un nouveau-né privé d'exister.

Aline soupira, l'air fou :

– C'est moi qui vais la tuer.

– C'est du cinéma, aucune inquiétude.

– Heureusement qu'on est plus forts que *ça*...

Ça rejoignit les autres *ça* dans le tiroir de la commode. Et motus et bouche cousue. Nous avions d'autres chats à fouetter, nous, les plus forts.

S'il ne dévoilait pas son identité, les indices qu'il disséminait çà et là dans mon sommeil ont alors fait du bébé quelqu'un d'attendu, de vivant, d'important pour moi. Nous avions rendez-vous, j'en étais sûr, mais pas forcément dans le ventre d'Aline. Un ventre inconnu, un jour, nous réunirait tôt ou tard. Lui, je le connaissais, je lui parlais déjà, je lui racontais mon histoire avant d'entendre la sienne. Je n'avais que vingt-six ou vingt-sept ans, et mes jours futurs m'auraient fait l'effet d'un champ de ruines, sans la présence du nouveau-né qui venait à moi. Étrangement, c'était la lettre d'Alba qui déclenchait cette envie soudaine. J'aurais pu l'ignorer indéfiniment, ne jamais la détecter. Fallait-il que cet enfant fût précieux et nécessaire à la vie pour qu'un autre enfant voulût se tuer à cause de lui. Mais ne t'inquiète pas, bonhomme, je suis là, tu naîtras. Ce n'était pas un garçon que j'appelais bonhomme, c'était un bébé. Et tu me donneras des nouvelles de ma mère à l'occasion. Je rêvais chaque nuit de la fille aux bras nus qui riait à travers ses mèches folles et me pardonnait d'être tout ce que j'étais, sachant très bien, dans le fond, que je suivais mes émotions pour elle, que je l'aimais et la cherchais malgré toutes les vies qui s'interposaient entre nous.

Et les yeux ouverts, je murmurais :

– Tu vois, bonhomme, c'est ta mère, on l'aime.

La première fois qu'Aline m'appela mon bébé, je n'y prêtai pas attention. Mais à la seconde où m'attrapant les joues en riant elle me lança à la figure : Alors, gros bébé !, je sus que l'angoisse avait pris pension chez nous, et que j'allais la quitter. Je l'ai serrée dans mes bras le plus tendrement du monde en disant : Mais bien sûr, je suis ton gros bébé, pour toujours, toi aussi…

Je l'avais échappé belle.

18.

L'aventurier des mers a, paraît-il, une femme dans chaque port. Moi c'est l'inverse. Un port, un havre dans chaque femme. Et repassé le portail d'Alba, j'ai commencé à bourlinguer, à chercher pour de bon l'amante auprès de qui vivre mes jours et mes nuits, dont mon enfant naîtrait. Je l'avais emporté sous mon bras, celui-là. Je me disais que ma mère aurait voulu le connaître, ou qu'elle le connaissait déjà. Je remontais au ciel lui parler de cette vie chaotique, aujourd'hui la mienne, elle me pardonnait, mais pas toujours. Apparemment, ma sœur et Tim allaient bien ensemble et le séducteur ne bougeait plus une oreille. J'étais chez eux tous les soirs. Ils habitaient port de Javel, sur la péniche du marchand de vin américain. J'ai toujours peur qu'elle tombe à l'eau, disait Tim. Ils voulaient se marier, mais à Madagascar, et là-bas redonner du souffle à la tannerie des cuirs de son père. Et c'est pour faire plaisir à ma sœur que je parle ici des alligators, elle aime ce mot. Il n'y a pas d'alligators en liberté dans le fleuve Manombolo. Et pas de caïmans. Il y a des crocodiles aux yeux saillants, prêts à sourire à l'assassin trop sûr de lui. Cathy me disait toujours que j'étais en forme, heureux. Et c'est vrai qu'aux pires moments j'ai l'air de celui qu'un bon vent amène. Il y a une raison à cela. La douceur des bras maternels est toujours sur ma peau, je me sens invulnérable ainsi protégé par ce baume. Évidemment j'attends l'appel de Nina, j'ai peur, mais par les mots j'ai le pouvoir d'animer un univers de mémoire et d'amour, et d'attendre que la vie se refasse une beauté pour moi. Aujourd'hui dans cette île, et demain…

L'amour ? Ce n'est pas vrai ce qu'ils disent, ça ne passe pas. L'amour d'une mère, d'une femme, d'un enfant, ça grandit, ça s'épanouit à mesure que le temps s'épuise autour de nous. Les choses deviennent de plus en plus belles et douces, pénétrantes, elles ont notre force et notre sang. Aimer est toujours le plus beau des voyages – il continue.

POSTFACE

Ma première femme *raconte l'histoire d'un adolescent, Marc Elern, qui perd sa mère à quelques jours du bac. Il l'apprend par un coup de téléphone destiné à son père. Il revient sur l'histoire de son enfance entre Paris et Trémazan, le mythique village des vacances familiales à la mer. Il a une petite sœur aveugle, Cathy, dix-sept ans. Il fait les quatre cents coups avec son copain Tim. Il est en lutte ouverte avec son père, un peu jaloux de la bonne entente entre fils et mère. En deuil, Marc tombe amoureux d'une infirmière, Alba, qui vient de lui faire une prise de sang au dispensaire. Il ne pense plus qu'à la conquérir.*

Du même auteur :

Romans

LE CHARME NOIR, Gallimard, 1983.
LES NOCES BARBARES, Gallimard, 1985. Prix Goncourt.
LA FEMME SOUS L'HORIZON, Julliard, 1988.
LE MAÎTRE DES CHIMÈRES, Julliard, 1990.
PRENDS GARDE AU LOUP, Julliard, 1992.
DISPARUE DANS LA NUIT, Grasset, 1994.
NOIR ANIMAL, Bartillat, 1995.
LA FORCE D'AIMER, Grasset, 1996.
HAPPY BIRTHDAY SARA, Grasset, 1998.
OSMOSE, Laffont, 2000.
BORIS APRÈS L'AMOUR, Fayard, 2002.
VERT CRUEL, Bartillat, 2003.
MOI ET TOI, Fayard, 2004.
LES AFFAMÉS, Fayard, 2004.
MA PREMIÈRE FEMME, Fayard, 2005.
LA DÉGUSTATION, Fayard, 2005.

Autres ouvrages

BELA BARTOK, biographie, Mazarine, 1981 ; édition revue et corrigée, Stock, 1993.
LE POISSON QUI RENIFLE, livre pour enfants, Nathan, 1994.
LE PINGOUIN MÉGALOMANE, livre pour enfants, Nathan, 1994.
LE SOLEIL SE LÈVE À L'OUEST, beau livre, photographies de Jean-Marc Durou, Laffont, 1994.
HORIZONS, beau livre, photographies de Philip Plisson, Le Chêne, 1996.
TOI, L'HORIZON, beau livre, Cercle d'art, 1999.
IDOLES, beau livre, peintures de Jeanne Champion, Cercle d'art, 2002.
LA MER, beau livre, photographies de Philip Plisson, La Martinière, 2002.